AZIZ CHOUAKI

STERN VON ALGIER

AZIZ CHOUAKI

STERN VON ALGIER

ROMAN

aus dem Französischen von
Barbara Gantner

VERLAG DONATA KINZELBACH
MAINZ

Originaltitel: L'Étoile d'Alger

Stolze-Schrey-Str. 3
D-55124 Mainz
www.kinzelbach-verlag.de

Lektorat: Ursula Schneider & Addi Wild

Cover:
www.picup.ch
(beat albrecht)

ISBN 978-3-927069-92-3

Druck:
Tiskarna PROTISK s.r.o.

I

Schwarz und breit verhüllt ein Schleier das Gesicht des Himmels, eine strenge Maske vor den Augen der Sonne, jeglicher Schmuck Algiers ist verschwunden. Bösartig aufgeblähte Wolken, ockerfarbener Sprühregen, Erdbeben-Wetter.

Auch der Horizont ist verschwunden.

Die Siedlung *Sonne und Meer*, Djellouls Auto hält vor dem Gebäude C an, Moussa steigt gähnend aus. Er schlägt die Tür zu, schlägt sie nochmals zu, dann verabschieden sie sich mit einer einfachen Handbewegung.

Zwei oder drei Mal den Refrain?

Muss das gleich nachher überprüfen, Meinungsverschiedenheit deswegen mit dem Bassisten gehabt.

Wollen wir wetten, dass es drei Mal ist?

Schlammige Kloake vor dem Eingang des Gebäudes, Moussa zieht die Hosenbeine hoch, geschickter Zickzack zwischen den Pfützen durch, hoppla, er landet mittendrin, seine schönen Lackschuhe, 750 Dinar, gehen tauchen. Vor sich hin fluchend holt er ein weißes Taschentuch hervor, spuckt darauf und putzt die Flecken weg.

Die Eingangshalle des Gebäudes ist verwüstet, aufgebrochene Briefkästen, zerfallene Mauern und Treppen, Kinder, Kinder und nochmals Kinder.

Barfüßig und mit nacktem Oberkörper wälzt sich ein dreijähriges Kind im Schlamm, die Wangen mit Dreck tätowiert. Es spielt mit einem toten Vogel, reißt ihm eine Feder nach der anderen aus.

Moussa wendet den Blick ab, steigt über das Kind hinweg und steuert auf die Treppe zu, todmüde. Horden rotznasiger Kinder im Treppenhaus.

Die Siedlung erwacht, mürrische, manchmal kummervolle Gesichter, trockene Husten, einige Bewohner schleichen an den Wänden entlang. Schüler, Arbeiter, junge Müßiggänger, das hat der Himmel so angeordnet.

In der Straße Autos, die nicht starten wollen. Vorwärts, leg den zweiten Gang ein, schieben wir an, Hauruck, das sind Arme, tausende kräftige und schlafende Arme. Vorwärts, schieb, schieb, die Kerzen? Die Batterie? Ich kenne jemanden in *Bouzaréah*, der kann eine Batterie auftreiben, wenn du Glück hast. Ein kräftiger Parfumduft durchdringt die ranzige Luft dieses Morgens. Sieh an, es ist Wahiba, Mezianis Tochter. Verdammt gut gebaut die Puppe, Salut, Salut, sie ist Sekretärin in einem Reisebüro, glaube ich.

Was wohl gerade in der Bude abgeht? Es ist Mittwoch, Saliha, Kahina und Mohand müssen schon zur Arbeit aufgebrochen sein. Nacéra und Ouardia sind an der Uni. Papa verschlingt die Politikseite der Zeitung und flucht wie üblich über die Regierung. Mutter nimmt ihre Medikamente gegen Ischias, Bluthochdruck und Diabetes, Oma rollt den Couscous. Zhor muss die Wäsche machen, den Haushalt. Ihre Mädchen Maya und Fella, vier- und fünfjährig, spielen auf dem Balkon. Sahnoun, gewöhnlicher Arbeitsloser, Autist seit Jahren, wird wohl noch schlafen. Und Slimane, islamistischer Arbeitsloser, ist bestimmt in der Moschee bei den Bärtigen.

Treppenhaus 9, Treppe F, fünftes Stockwerk, Treppenabsatz A, Nummer 35. Völlig erschöpft sucht Moussa seinen Schlüssel, schließt leise auf, es graut ihm vor dem Empfang. Kopfschmerzen, was für ein Abend!

Das Fest ist im Großen und Ganzen gut gelaufen, gute Organisation, gute Bezahlung, immerhin 20.000 Kröten, davon 8.000 für Bibi. Ist ja auch normal: der Star. Ist schon was, über fünf Stunden und mit bloß einer kleinen Pause zu singen. Repertoire „Typus Hochzeit“: zu Beginn etwas Algerisches zum Auflockern, dann gehst du direkt auf den Bauch los, den Hauptgang, das moderne kabylische Chanson, die Spezialität des Chefs. Es war sogar ein Journalist der *Algérie Actualité* da, dicker Schnurrbart, wir haben ein Treffen vereinbart, vielleicht ein Interview? Muss schon sagen, habe mich völlig verausgabt, alle haben bis zum Morgengrauen getanzt. Der Geiger hat ein paar falsche Töne gespielt, aber das geht schon. Danach haben wir mit den Kumpels und der Band durchgemacht bis zum Morgengrauen, sechsunddreißig Milchkaffees, Sandwichs beim *Terminus*. Die frühmorgendliche Kundschaft: Musiker, Kabarett-Tänzerinnen. Dann gegen 7 Uhr zur Siedlung zurück mit Djelloul, dem Fahrer der Gruppe.

Ich komme extra erst frühmorgens nach Hause. Ist besser so, weil man dann gleich vor Müdigkeit umfällt und ein bisschen weniger sieht.

Vierzehn Personen in drei Zimmern.

Beim Öffnen der Tür einen Blick hinein wagen. Fella springt mir an den Hals, ihr einen Zehner zustecken, an der Wand im Korridor entlang schleichen und ins Jungenzimmer verschwinden.

Sahnoun schläft noch, Slimane ist schon draußen. Moussa zieht sich tastend aus, wirft sich auf seine am Boden liegende Schaumstoffmatratze und sinkt in den Schlaf.

Gluthitze beim Erwachen gegen 16 Uhr, Kindergeschrei, Gezeter der Frauen, die sich auf dem Treppenabsatz streiten, voll aufgedrehte Radios, Gehupe, Zugluft, Türen knallen.

Etwas berührt seine Stirn, es ist das Patschhändchen von Maya, ihr frisches Mündchen, das ihn küsst. Moussa nimmt das Mädchen in seine Arme und knuddelt es. Er hüllt sich in ihr Lachen.

Mit dem Rücken zur Wand sitzt Sahnoun auf seiner Matratze und hält einen Kriminalroman in den Händen. Das ist alles, was er liest, er hat das Zimmer seit über zehn Jahren nicht mehr verlassen – außer, wenn er zur Kontrolle in die Klinik gebracht wird. Hochgradiger Autismus. Sahnoun spricht bloß mit Oma, tröpfchenweise, er ist achtundvierzig.

Moussa steht auf, macht ein paar Sportübungen, dann durchsucht er, mit Maya im Arm, seine Westentasche und holt eine Schachtel Marlboro hervor, die er seinem großen Bruder hinstreckt. Sahnouns Alltagsvergnügen: Zigaretten und Kriminalromane, Sahnouns Augen strahlen vor Dankbarkeit.

Badezimmer, Katzenwäsche, schon wieder kein Wasser. Moussa nimmt Wasser aus dem Kanister und wäscht sich das Gesicht vor dem Spiegel: Hübsches Kind, da gibt es nichts dran zu rütteln. Muss zum Zahnarzt gehen für diesen Zahn da. Das Lächeln muss strahlend sein, so wirst du Michael Jackson.

In der Küche hantiert Mutter schon mit den Kochtöpfen, sie stöhnt, Rheuma, Diabetes. Flüchtiger Kuss auf die Stirn, sie serviert mir Kaffee, den ich stehend runter stürze. Von meinem Platz aus kann ich Mouluds Foto auf dem Fernseher erblicken. Der Held der Familie, starb beim Kampf in der

Widerstandsbewegung, die Waffe in der Hand, es war Krieg, die Unabhängigkeit. Jedes Mal, wenn Mutter putzt, staubt sie mit feuchten Augen das Foto ab.
Im Wohnzimmer durchforstet Papa die Zeitung, während er Radio hört. Mürrisches Knurren anstelle eines Morgengrußes. Er spricht seit Jahren nicht mehr mit mir, seit ich ihm meine Karrierepläne direkt ins Gesicht geschleudert habe: Berufssänger. Heftige Diskussionen zu diesem Thema. Seither belastende Stille beiderseits.
Er hat das als Verrat aufgefasst, er hätte mich gerne als Bereichsleiter oder etwas Ähnliches gesehen.
Wieder in der Küche, stecke ich Mutter ein Bündel Geldscheine zu – ein Viertel des gestrigen Verdienstes. Wie üblich nimmt sie es und tut, als ob sie es nicht möchte.
Zhor, meine große Schwester, durchquert mit einer großen Schüssel voll Wasser die Küche, schon wieder kein Wasser.
Fella köpft sorgfältig ihre Puppe im Korridor. Zugluft, die Fenster schlagen, Vater schreit aus dem Wohnzimmer, ich bin noch sehr verschlafen.
Auf dem Balkon legen Oma und Zhor den Couscous zum Trocknen aus. Mit Maya und Fella zwischen den Füßen komme ich ins Zimmer zurück. Sahnoun ist in seinen Krimi versunken, eine Zigarette im Schnabel.
Mit zusammengeschnürtem Herzen ziehe ich meinen USA-Jogging-Anzug über und nehme meine Mandola. Dann streife ich an den Wänden entlang die Treppe hinunter und weiche der Kinderschar aus.
Den neuesten Hit proben. Moussa geht in Richtung Brachland hinter der Siedlung gegenüber dem Meer, die große Bucht Algiers.

Die Siedlung *Sonne und Meer*: Wuchtige Gebäude, die in Müllbergen schmoren, niemand schert sich einen Dreck um irgendetwas in diesem Land. Na gut, ich auch nicht, ich werde dieses Kaff verlassen und ein großer Star werden. Paris, London, New York, Show-Business eben …

Der Himmel ist noch immer schwarz.

Aufgeschlitzte Mülleimer, Abfall, Gehäuse von alten Haushaltsgeräten, alte verbrannte Reifen, Moussa richtet sich eine kleine Ecke ein.

Endlich frei, hier gefällt es ihm, zu arbeiten. Zu Hause ist das unmöglich, kein Platz, er setzt sich, zum Meer gewandt, hinter ihm die Mülleimer.

Sein ganzer Stolz, ein Walkman, für 3.000 Dinar auf dem Schwarzmarkt gekauft, ein gutes Geschäft. Er rollt sich einen fetten Joint und fängt an zu arbeiten, lernt den letzten Hit von Takfarinas, dem Superstar des modernen kabylischen Chansons.

Moussa weiß, dass er Takfarinas wegputzen kann, mit sehr viel Sorgfalt, ist bloß eine Frage der Zeit. Mit seinem Ehrgeiz greift er nach den Sternen, ja, Michael Jackson, Prince, die USA, weit weg von den Arabern, vom kraushaarigen Elend, von der braunen Scheiße …

Mit den Kopfhörern auf den Ohren singt er lauthals. Spult zurück, würgt den Refrain ab, zählt die Takte, zieht an seinem Joint und fängt wieder aus vollem Hals an zu singen.

He, was hab‘ ich gesagt? Stimmt eben doch, drei Mal den Refrain, muss ihn die Kassette hören lassen, sie ihm zu fressen geben, diesem Bassisten …

Moussa fängt nochmals an, noch lauter. Plötzlich reißt eine Saite seiner Mandola, ach Scheiße … Er flickt sie zusam-

men, ein schöner Knoten, das wird schon gehen, zumindest für heute. Aber ich muss rasch einen Satz Saiten besorgen.
Er singt weiter und schlägt dabei aus voller Kraft den Takt mit dem Fuß. Vor ihm das graue Meer, Brachland, Abfallberge, lachende Kinder mittendrin.
Sie alle kennen Moussa Massy, er wurde zwei Mal im Radio gespielt und hatte eine Viertelspalte in der Zeitung, Seite 16, der aufsteigende Stern des modernen kabylischen Chansons.
Warum Moussa Massy?
Das ist mein Künstlername, eigentlich heiße ich Méziane Boudjiri, ist ja offensichtlich, dass man mit einem solchen Namen nirgends hinkommt. Rachid hat sich dieses Pseudonym für mich ausgedacht. Massy ist die Verkleinerungsform von Massinissa, Berberkönig, 3. Jahrhundert vor Christus. Oder 8. Jahrhundert? Muss nachschauen. Und Moussa, weil es sich eben gut anhört, Moussa Massy, Mss, Mss, M und M, ja, das klingt gut. In ein paar Jahren, wenn ich dann berühmt bin, werde ich nur noch Massy sein, ganz einfach.
Moussa schreibt seinen Namen überall drauf, Massy auf seine Jeans, auf Tischdecken, auf WC-Wände in Bars, auf seine Mandola, überall, Moussa Massy, Moussa Massy.
Die Kassette wird langsamer, die Batterien, Scheiße, nirgends mehr Batterien zu kriegen, vielleicht auf dem Schwarzmarkt zu einem zehnmal höheren Preis. Moussa ist das scheißegal, er kauft alles, was er braucht, koste es, was es wolle, man muss hoch hinaus, dort drüben am Himmel: Michael Jackson.
Dank Rachid sieht Moussa seine Karriere klarer. Übrigens muss er ihn sowieso gleich besuchen, vielleicht hat er sogar ein Exemplar des Posters mitgebracht?

Bei diesem Gedanken durchströmt ihn ein Glücksgefühl: Ein Poster von ihm, darauf groß geschrieben: Moussa Massy, violett auf gelbem Grund, er vertraut auf Rachids Können – er ist Grafiker, ein wahrer Künstler.
Moussa nimmt den Kopfhörer ab und singt das Stück laut schreiend weiter, kristallklare Töne, mit lyrischem Vibrato, andalusisch, Flamenco, Iglesias.
Verdammte Scheiße, ich träume davon, eine eigene Kassette zu produzieren, meine eigenen Stücke! Jeder x-beliebige Idiot hat schon eine Kassette herausgebracht, kein Grund zu …
Gegen 17 Uhr kehrt er nach Hause zurück, mit gesenktem Kopf, die Bärtigen in knielangen Hemden, dem Kamis, sind überall in der Siedlung, Bärte Kamis, Bärte Kamis.
Er macht alles, damit sie seine Mandola nicht sehen, er weiß, was sie dazu sagen: Bänkelsänger, Handlanger des Teufels, Schwuchtel usw.
Moussa steigt mit zusammengebissenen Zähnen die Treppe hinauf, stolpert im Vorbeigehen über ein Kind. Mit einem heftigen Fußtritt schafft er es sich vom Hals.
- Lass mich durch, Scheiße.
Der Bengel beschimpft ihn und wirft ihm Steine nach. Moussa stellt seine Mandola ab und rennt ihm hinterher, außer sich vor Wut. Der Bengel schlängelt sich zwischen den Mülleimern durch, andere Kinder spenden lachend Beifall. Endlich erwischt ihn Moussa, packt ihn an der Gurgel und drückt ihn an einen Laternenpfahl.
Außer Atem faucht er ihm ins Ohr:
- Hör mir gut zu, wenn du das nochmal versuchst, fick ich dich richtig, kapiert?

Erwachsene greifen ein, vor allem den Frieden der Herzen predigende Islamisten, denn Gott ist der einzige Richter und so weiter und so fort …
Moussa schluckt seine Wut hinunter, entschuldigt sich, ergreift seine Mandola und steigt unter den zufriedenen Blicken der Gaffer zu sich hoch nach Hause.
Er flüchtet sich in sein Zimmer. Sahnoun ist noch immer unerschütterlich in seinen Krimi vertieft, großes achtunddreißigjähriges Kind, innere Seligkeit. Er hat Recht, Sahnoun, das Glück liegt in der Stille.
Slimane ist auch da, erster Ansatz zu einem kleinen Bart, grauer Kamis, liest religiöse Bücher, vergilbt vom Gebrauch.
Wortlos stellt Moussa seine Mandola hin und legt sich auf seine Matratze, Ruhe, Yoga, Ruhe.
Über seinem Bett ein kleines Regal, das unter dem Gewicht von Kassetten, alten Zeitschriften, *L'Express, VSD, Paris-Match*, einem Poster von Michael Jackson zusammenzubrechen droht. Kleine Relikte, Postkarten, Paris, London, spanische Puppe, afrikanisches Armband, dunkle Brille, Adressheft. Ein paar Bücher: *Berbererzählungen und Legenden* von Isabelle Rakowski, eine Pelé-Biographie von Edmund Jaspers, *Die Wahrheit über die Kennedy-Affäre* von Jack W. Rafferty, Band II von *Krieg und Frieden,* den er nie aufgeschlagen hat, ein alter *Larousse,* die Hälfte des Buchstabens A fehlt, ein Exemplar der *Nationalcharta,* zwei *Robinson Crusoe,* weiß der Himmel weshalb, *Die Verstoßung* von Rachid Boudjedra, die er nie verstanden hat.
Moussa stellt seine Psyche wieder her, durchhalten, er weiß, bloß die Musik, durchhalten, die verstehen das nicht, vielleicht eines Tages … Wenn sie mich im Fernsehen sehen, mit der Satelittenschüssel, ja, Moussa Massy bei einem

Konzert in Bercy oder in New York. An dem Tag, ja, aber dann ist es zu spät für sie, die sollen sich doch alle verpissen, er wird es ihnen schon zeigen.
Ja, das ist es, es ihnen allen zeigen.
Sich über den Bart streichend, nähert sich schüchtern Slimane:
- Méziane, hättest du nicht ... ich ... meine Schuhe sind kaputt, das ist alles, was ich habe. Könntest du ... bloß 200 Dinar, Gott wird's dir ...
Moussa, genervt:
- Können die dir in der Moschee keine 200 Kröten geben? Die Bärtigen sind bloß gut im Kritisieren, Sünde, Sünde. Meine Kohle ist das Geld des Teufels, es kommt von der Musik, das ist sündhaft, weißt du das?
Slimane senkt den Blick, Moussa ist der große Bruder, folglich gelten bestimmte Regeln ...
Moussa betrachtet ihn, Slimane ist kaputt, seine Seele ist schon im Schlund Gottes, des geifernden Bärtigen, ist doch klar.
Slimane war doch so nett, zart und unschuldig, junges Gemüse ... Ich sehe ihn wieder vor mir, wie er vor nicht langer Zeit George Michael nachahmte, wie er errötete, als er der Nachbarin vom dritten Stockwerk den Hof machte. Aber was ist denn eigentlich passiert?
Slimane steht auf um hinauszugehen, Moussa hält ihn fest:
- Warte, du Idiot, da hast du deine 200 Kröten. Such dir eine Arbeit, sei ein Mann, vergiss diese Bärtigen! Ach, mach doch, was du willst, ist ja nicht mein Problem, soll sich doch jeder selber durchschlagen.
Slimane steckt die Geldscheine mit gesenktem Blick ein, seine Dankbarkeit vor sich hin murmelnd. Sahnoun hat nicht

einmal von seinem Krimi aufgeschaut und liebkost weiterhin seine Schachtel Marlboro. Ohne je aus seinem Zimmer zu gehen, hat sich Sahnoun ein Netzwerk in der Siedlung aufgebaut, ein Dutzend Angefressener, die Kriminalromane austauschen. Sie kommen nach Hause, vor allem Djelloul, der Mechaniker des Viertels, ungefähr ein Mal wöchentlich, für ein kurzes und einfaches Geschäft, das geht schon seit Jahren so.

Auf seiner Matratze ausgestreckt, holt Moussa Luft, betrachtet von der Seite Michael Jacksons Lächeln an der Wand, das gibt Mut.

Und dann ist da ja noch dieser Journalist von gestern, vielleicht ein Interview? Wenn sich das machen ließe ... mit Rachid darüber sprechen.

Kurz vor 18 Uhr, Rachid besuchen, ja, das tut gut, er ist der Einzige, der mich versteht. Moussa liebt die Diskussionen mit Rachid, sie sind immer fruchtbar, voller Weisheit, jedes Mal kommt er aufgemuntert zurück.

Das Outfit wechseln, er zieht seinen Jogging-Anzug aus, zieht eine Jeans an, Mokassins, ein Benetton-T-Shirt und eine schwarze Danton-Jacke: perfekt. Im Korridor trifft er Ouardia und Nacéra, die von der Uni kommen, komplizenhafte Küsschen, die Schwestern bewundern ihn.

Moussa steckt ihnen einen Hunderter zu:

- Braucht ihn bloß zu halbieren, sagt er und überlässt sie ihrem Lachanfall.

Die Wohnung beginnt sich zu füllen, vierzehn Personen leben in diesen drei Zimmern. Nur Mohand ist noch nicht da, er kommt gegen 19 Uhr von der Arbeit zurück, Lagerist bei *Sonatmag*. Und auch Kahina, Kassiererin im Supermarkt *Pins Maritimes*, kommt gegen 19 Uhr.

Schau an, Sahina ist schon da, Mathelehrerin an einem Gymnasium in Kouba. Sie ist der Liebling der Familie, Sahina, Mathelehrerin, kein Wunder. Sahina ist gerade vierunddreißig Jahre alt geworden, noch unverheiratet. Sie schnappt sich Moussa im Vorbeigehen:

- Hey du, sag mal, wann besorgst du die Wasserpumpe? Der Motor wird absaufen, du hast gesagt heute! Mir ist es egal, Méziane, wenn der Motor absäuft, dann müsst ihr sehen, wie ihr klar kommt. Ich habe die Schnauze voll, ich bezahle schon die Versicherung ...

Verlegen und genervt entgegnet Moussa:

- Schon gut, schon gut. Ich treffe mich ja heute Abend mit einem Typen, keine Sorge, ich besorge diese Wasserpumpe schon.

Der Ritmo ist zu einem Mitglied der Familie geworden. Sahina hat ihn letztes Jahr für zwölf Millionen gekauft, ein gutes Geschäft, Jahrgang 1980, genau zehn Jahre alt.

Moussa hat keinen Führerschein, jedes Mal sagt er sich: nächsten Monat.

Zu viele Leute, ja, vierzehn in drei Zimmern, mit vier Einkommen plus die Rente des Alten, ein Elend alle drei Monate.

Und Mohand, der nächstes Jahr heiraten wollte, fünfundvierzig Jahre, seit drei Jahren wird die Hochzeit verschoben, keine Wohnung, obschon er einen guten Job hat ...

Es fängt an laut zu werden, die Knirpse, Papa mit seinem Magengeschwür, Zhor und Mutter am Herd, der Platz wird immer knapper. Moussa hat Mühe, zu atmen. Es ist Zeit raus zu gehen, Luft zu schnappen, Rachid zu treffen.

Saliha hat Zantac für Papas Magengeschwür beschaffen können, 500 Dinar auf dem Schwarzmarkt, das wird ihn vielleicht für eine Weile beruhigen.
Dreißig Jahre im Dienst als Schaffner bei der *RSTA,* das überstehst du nicht unbeschadet. *Champs de Manoeuvres – Ben Aknoun*, die längste Buslinie, überfüllter Bus, mit stotterndem Motor zur *Colonne Voirol* hinauf, die Schwarzfahrer kontrollieren, wenn nötig, zum dicken Knüppel greifen, Papa ist seit acht Jahren in Rente.
In der Wohnung riecht es herb nach Couscous, Zhor hat soeben den Deckel abgehoben. Man wartet auf Kahina mit dem Abendessen. Sie sollte heimlich Gruyère vom Supermarkt mitbringen, eine Lieferung ist diese Woche eingetroffen. Die Schwestern reden schon von einem Kartoffel-Gratin für morgen. Ouardia ruft allen die Geschichte in Erinnerung, dass Oma dachte, es wäre Seife, als sie das erste Mal Gruyère gesehen hatte.
Ein Lachanfall ertönt aus der Küche, untermalt von hysterischen Schreien der beiden Mädchen.
Aus dem Wohnzimmer erschallt das Geschrei von Papa, der absolute Ruhe verlangt, er liest gerade *Horizons,* die Abendzeitung.
Moussa beschließt bei Papas Geschrei hinauszugehen.
Uff, unten im Gebäude angelangt, eine Horde Bärtiger in Kamis steht um Abfalleimer und Urinlachen herum.
Kurzer Gruß im Vorbeigehen, Moussa sieht neue Bärtige. Sieh an, sogar Spartacus, nun gut, mein Alter …
Trauriger kleiner Wurm, Gewohnheitssäufer, Zombretto-Spezialist.
Und auch Baïza, der Gauner der Bushaltestellen, Moussa hat letztes Jahr gesehen, wie er einen Typen aufgeschlitzt

hat, zack, ein Schnitt mit einem Rasiermesser, die Gedärme sind ihm in die Hand gefallen.

Nun gut, schön ist der Islam!

Die Horde Bärtiger erstarrt, die Stimmen verstummen. Schwitzend vor Wut und Geilheit, alle Blicke gehen in die gleiche Richtung. Wahiba, Mézianis Tochter, kommt von der Arbeit zurück, Minirock, Lust versprühend.

Eine Gruppe Bengel, Durchschnittsalter zehn Jahre, pfeift vor Bewunderung, als sie vorbei geht, einige zeigen ihre steifen Schwänze und schreien ihr zu:

- He Wahiba, lass uns ficken!

- Willst du mir nicht einen blasen, Wahiba?

- Oh, dieser Arsch, schau, wie sie ihn schwingt … mmhhh, den würde ich gerne ficken!

Würdevoll ignoriert Wahiba sie und lässt ihren Hintern noch mehr kreisen. Sie weiß, dass sie sie damit verrückt macht, sie liebt das. Eine Haarsträhne aufsteckend, schickt sie Moussa ein Lächeln zu, das er ebenso diskret erwidert.

Ja, Donnerwetter, sie im Treppenhaus erwischen … oh, sie kurz durchficken, nicht mehr. Das Herz ist schon vergeben, an Fatiha, die zarte und reife Frucht des Lebens, sie kommt am Freitag aus der Kabylei von der Beerdigung ihres Großvaters zurück.

Ein fliegender Händler mit einem von einem Maultier gezogenen Karren stellt sich unterhalb des Gebäudes hin, preist lauthals seine Tomaten zu 50 Dinar das Kilo an, Körbe werden an Stricken von den Balkonen heruntergelassen.

Ein Taxi kommt, Moussa nimmt es und fährt damit Richtung Siedlung *Garidi*, neue Siedlung, Kaderangestellte, Intellektuelle.

Das Taxi gleicht einer fahrenden Moschee: Moschusduft, Aufkleber vom FIS, Allah, Koranverse, eine Kassette mit geharnischten Predigten von Ali Benhadj lässt die Lautsprecherboxen explodieren.
Schwarze Brille, Kaugummi, dicker Wanst, der Fahrer wettert gegen Frauen, die keinen Hidjab tragen, alles Huren, ha, bald wird sich alles ändern, der FIS wird all das rasch wegputzen, du wirst schon sehen.
Moussa tut, als ob er dem zustimmen würde, die Saiten der Mandola wechseln, die Wasserpumpe beschaffen, das Taxi nimmt den Zubringer nach Ben Aknoun.

In der Siedlung *Garidi* hält das Taxi vor dem Gebäude A, Moussa bezahlt und steigt aus. Tadellose Siedlung, wähnst dich in der Schweiz, Grünflächen, sauber, Parkplätze, nicht zu vergleichen mit der Siedlung *Sonne und Meer*.
Frauen schieben Kinderwagen und schwatzen auf dem Bürgersteig, sie tragen keine Hidjabs. Wenige Kinder, sie sehen hier auch nicht gleich aus, blond, sauber, man könnte meinen Schweden.
Zweites Stockwerk, New Age-Klingel, Rachid öffnet, er trägt einen schwarzen Saroual und ein weißes T-Shirt, Musik ertönt aus seiner Wohnung, Jazz, er lässt Moussa eintreten.
Rachids Vater ist Diplomat in London, er hat diese große Dreizimmerwohnung seinem Sohn gegeben, der alleine darin wohnt, ja, alleine, mein Alter! Rachid hat letztes Jahr seine Werbeagentur aufgebaut, es läuft, er hat Kunden, er schuftet.
Die Wohnung ist geräumig, hell, Bilder, von Rachid gemalt, kleine grüne Spotlichter.

In einer Ecke eine akustische Gitarre, Trommeln, eine starke Stereoanlage, CD-Player, einer der ersten in Algier.
Rachid und ich haben uns im Militärdienst kennengelernt, Nationalmarine in La Pérouse, kleiner paradiesischer Hafen, ich war Unteroffizier. Rachid ist acht Monate später angekommen, er stand unter meiner Befehlsgewalt. Danach ist er Leutnant geworden, die schönen Jahre.
Rachid stellt die Musik leiser:
- Und, ist's gut gelaufen gestern Abend?
Moussa zieht seine Jacke aus:
- Normal, Routine-Hochzeit, bis 8 Uhr morgens.
Rachid öffnet den Kühlschrank:
- Was trinkst du? Heineken? Carlsberg? Whisky?
Moussa, die Hände auf den Knien:
- Dasselbe wie du, auf geht's!
Rachid holt Gläser und Eiswürfel hervor:
- Ich bin bei Wodka. Einen Wodka-Orange?
- Passt.
Sie stoßen an, Moussa kann's kaum glauben; bei Rachid wähnst du dich in Paris oder New York, so muss das dort drüben immer sein.
Rachid verlässt das Wohnzimmer und kommt mit einer großen Zeichenmappe zurück:
- Es ist soweit, ich habe einen Probeabzug, du wirst sehen, ist nicht schlecht.
Er öffnet die große Mappe und holt ein Poster im A3-Format hervor. Moussa stockt der Atem: Ist er das? Gegeltes Haar, 50er-Jahre-Look, schwarz-weiß, mit bloß einem Tropfen Farbe, Sepia/Gelb für den Hintergrund, mit runder Schrift steht in violetter Farbe MOUSSA MASSY darauf.

Moussa ist außer sich vor Freude, er kann es noch nicht fassen, man könnte meinen, es sei nicht er. Rachid begutachtet das Poster in der Dreiviertelansicht:

- Den Hintergrund haben sie ein bisschen vermasselt, ich wollte ihn abgestufter, bloß ein ganz klein wenig gelb, ich finde, sie haben etwas dick aufgetragen, aber im Großen und Ganzen geht's, oder?

Moussa verschlingt das Poster mit den Augen:

- Ähm … ja, es ist … prächtig … für mich jedenfalls.

Rachid:

- Gut, perfekt. Ich behalte es hier für ein paar kleine Retuschen. Morgen gebe ich es dem Drucker und dann können wir mit dem Druck beginnen. Erstmal 500 Exemplare, dann sehen wir weiter, ist das ok?

Moussa, sein Glas austrinkend:

- Ja, das ist gut und … für wann?

Rachid serviert weitere Wodka-Orange:

- Wir müssen zwei Wochen rechnen, ich kenne den Drucker, ich werde die Arbeit überwachen. Mach dir keine Sorgen, der macht seine Sache gut.

Moussa reibt sich die Hände:

- Oh, ich habe Vertrauen, ich bin in deinen Händen.

Rachid legt das Poster beiseite und fragt verschmitzt:

- Und … hast du ein …. Piece gekriegt?

Moussa holt eine braune Stange hervor, Rachids kleines Laster. Moussa besorgt es jeweils für ihn, ist einfach: in der Siedlung *Sonne und Meer* verkaufen alle Haschisch.

Rachid nimmt die Stange:

- Hmm, riecht der gut. Wie viel schulde ich dir?

Moussa grinst:

- Gar nichts, bloß Respekt, mehr nicht. Rachid hebt die Stange in die Höhe:
- Also gut, meinen Respekt für Massy, den neuen Star des kabylischen Chansons!
Es klingelt, Farid und Sam, Gitarrist und Schlagzeuger, Freunde von Rachid, Moussa kennt sie, coole Typen.
Farid, groß und langhaarig, lümmelt sich auf einem Sessel, Sam hat schon den Kühlschrank geöffnet:
- Donnerwetter, Farid, es gibt Eineken, kabylisches Bier!
Moussa hat sich ein wenig zurückgezogen, Rachid lässt Farid den letzten Miles Davis hören, ein gummiartiger Sound erfüllt den Raum.
Farid nimmt die akustische Gitarre und improvisiert zum Stück, nach dem Gehör, reine Technik, Wes Montgomery. Sam setzt sich an die Tumbas und begleitet ihn, leicht, fein, gut dazu passend.
Verblüfft über diese Virtuosität versucht Moussa, sich den Fingersatz, den Rhythmus einzuprägen. Es geht ihm zu schnell, zu anspruchsvoll, aber er will es verstehen, das ist genau das, was er will.
Am Ende der CD singt Farid ein Stück von Georges Benson, Sam macht den Chor, Moussa genießt die Klarheit des Schwungs.
Das Finale, Farid stellt die Gitarre hin und nimmt den Joint von Rachid:
- Super, Farid, dieser Blues in der Stimme, man spürt immer noch Ray Charles, nicht wahr?
- Ah, für mich ist er der Größte.
Sam, von gedrungener und kräftiger Statur, stimmt mit einem kabylischen Akzent *Georgia on my mind* an und zwinkert Moussa zu.

Mit einem Lachen und voller Anerkennung hebt Moussa sein Glas, Rachid schließt das Video an, ein Clip von Prince. Das geht Moussa runter wie Öl, ja genau das ist es ... Prince ... Genau, was er braucht. Er registriert jede Geste, die Blicke, die Bekleidung, das Bühnenspiel.
Nach einer Weile erheben sich Farid und Sam, sie müssen noch im *Triangle*, der hippen Diskothek von Algier, spielen.
Rachid verspricht ihnen, gegen 2 Uhr morgens vorbeizuschauen, er muss Lynd, seine Verlobte, abholen, sie ist auf einer Cocktailparty bei den Bensidhoums.
Als sie alleine sind, erzählt ihm Moussa vom Journalisten von gestern, Verabredung nächste Woche, vielleicht ein Artikel? Rachid strahlt:
- Super, wir müssen das gut einstudieren, die Fragen vorbereiten, echt professionell muss das sein. Oh ja, das sind gute Neuigkeiten. Wer ist dieser Journalist?
Moussa hat gerade einen Joint fertig gerollt, er fährt mit der Zunge über die Klebeseite auf dem Papier:
- Er heißt Kamel Hamidi. Scheiße, vorausgesetzt es klappt, klopfen wir auf Holz.
Rachid kennt ganz Algier, die Künstler, die Intellektuellen:
- Ach ja, ich sehe schon, das ist der von der Kulturseite von der *Algérie Actualité.* Tja, unter der Voraussetzung, dass er nicht allzu sehr leere Phrasen drischt. Wir werden auf jeden Fall unseren Text gut vorbereiten, man kann nicht irgendetwas sagen, so ein Artikel kann dir ein Leben lang am Arsch kleben.
Zur Feier serviert Rachid erneut etwas zu trinken und lenkt Moussa auf seine Karriere, den Look, die Medien, die Produzenten, das Image, die Verträge. Moussa kapiert, er will

kein Nobody bleiben, nein. Moussa will MASSY, der neue Star des modernen kabylischen Chansons werden.
Gegen 22 Uhr steht Moussa auf, Verabredung bei Derdiche wegen der Wasserpumpe. Rachid fährt ihn hin mit seinem nigelnagelneuen Fiat Uno, Filzteppich, sanftes, leistungsstarkes Autoradio.

Derdiche wohnt in *Belcourt*, am Ende eines Durchgangs, wilde New-Grunge-Architektur, Betonblöcke, Wellblech. Sechs Familien wohnen darin, unter ihnen jene von Derdiche.
Moussa hat ihn bei einem Fest in *Beau Fraisier* kennengelernt, Derdiche war besoffen und hatte Moussa versprochen, eine Wasserpumpe für ihn aufzutreiben. Schon seit zwei Monaten ist die ganze Familie auf der Suche nach einer, jedoch unauffindbar, sogar auf dem Schwarzmarkt. Derdiche ist die letzte Hoffnung.
Moussa schleicht sich hinter dem Kino *Roxy* durch, biegt nach links ab und kommt bei Derdiches Durchgang, zwei Sträßchen weiter, heraus.
Drei langgezogene Pfiffe, nichts. Moussa gibt nicht auf, ein Schatten taucht aus dem Dunkel auf:
- Wer ist da? Was willst du?
Moussa, mit verschränkten Armen:
- Ähm ... Entschuldigung, ich ... suche Derdiche.
Der Schatten:
- Er ist nicht da, er ist im *Roxy*.
Der Himmel funkelt voller Sterne, Moussa geht Richtung *Roxy* zurück, er ist seit Urzeiten nicht mehr im Kino gewe-

sen. Vor der Türe versuchen Horden von Kindern auf kleinen behelfsmäßigen Tischen allerlei zu verkaufen: Erdnüsse, Zigaretten, Batterien, Medikamente, Joints. Moussa nimmt eine Schachtel Marlboro, 80 Kröten.

Der Aufstand der Drachen läuft im Kino.

Mit Kajal umrandeten Augen und hennagefärbten langen Bärten preisen Islamisten in afghanischer Bekleidung religiöse Zeitschriften, Gebetsketten, Moschus, Reliquien und Weihwasser aus Mekka an.

Er geht auf den Kassierer zu, Pfefferminztee, ein Radio, das ein Fußballmatch ausspuckt. Moussa murmelt irgendetwas vor sich hin, einen Freund treffen, Familienangelegenheit, bloß zwei Minuten, ich lass dir meinen Ausweis hier. Der Kassierer willigt ein und lässt ihn hinein.

Grelles Licht und grässlicher Lärm im Kinosaal. Das Bild flimmert über die Leinwand, verblasste, gesättigte Farben, die Tonspur von Insekten durchlöchert, Kopie der Kopie der Kopie der Kopie.

Vom Balkon herunter in den Orchesterraum schreit man einander zu, wütende Pfiffe, sobald das geringste Stückchen Frau auf der Leinwand zu erblicken ist: Los, fick sie, verdammt!

Ein Typ in Schlafanzug und Pantoffeln steht da mit einem Korb in der Hand. Er sucht seine Kinder, um sie mit Pantoffelhieben nach Hause zu treiben.

In einer Ecke isst eine Gruppe Orangen. Sie stehen um einen großen Kassettenrekorder herum, aus dem in voller Lautstärke Reggae ertönt und werfen die Schalen zu den Burschen auf dem Balkon.

Auf eine Krücke gestützt, humpelt ein Sandwich-Verkäufer vorbei und preist seine Merguez, Krapfen und Limonade an.

Von Zeit zu Zeit fährt eine Art Rausschmeißer harsch mit einem Knüppel dazwischen, es wird nicht in den Saal gepisst, bitte sehr!
Burschen vom Balkon bewerfen die Burschen vom Orchester mit Knallkörpern. Moussa sucht mit den Augen die Gesichter ab, er versucht, Derdiche auszumachen. Eine Limoflasche fliegt zwei Finger breit an seinem Kopf vorbei und landet auf der Leinwand, allgemeines Gegröle. Mit erhobenem Knüppel platzt der Rausschmeißer fluchend herein.
Moussa entdeckt endlich Derdiche ganz hinten im Saal, er ist mit Freunden zusammen, Brathähnchen, Harissa, Oliven, Weinflaschen. Handzeichen, Derdiche lädt ihn ein, sich zu ihnen zu gesellen.
Voller Stolz stellt Derdiche Moussa seinen Freunden vor, berühmter moderner Sänger. Moussa spielt den Bescheidenen, fragt sich, wie er die Sache schnell hinter sich bringen kann, er muss Derdiche alleine sprechen, die Wasserpumpe organisieren, diese Hölle verlassen.
Aber das ist eine heikle Angelegenheit, Derdiche ist schon stark angetrunken, er steht auf, rutscht auf etwas aus und fällt Moussa vor die Füße. Wie eine Kakerlake auf dem Rücken liegend, rudert Derdiche, von Lachen geschüttelt, mit den Armen. Moussa streckt ihm die Hand hin und hilft ihm auf. Erst mal auf den Füßen, teilt ihm Derdiche mit, dass die Wasserpumpe bei Gabès, einem Freund sei, nicht weit von hier.
Uff, die Wasserpumpe ist da, das ist das Wichtigste.
Zusammen mit einem schmächtigen Jüngling verlassen Derdiche und Moussa das *Roxy*, überqueren den großen Boulevard und gehen Richtung Kabul-Moschee. Mindestens

200 Bärtige haben sich dort versammelt, sitzen auf dem nackten Asphalt, der Verkehr stockt, Allah ist der Größte.
Ohrenbetäubende Lautsprecher, die Worte des Imams kündigen zitternd das unmittelbare Bevorstehen des Jüngsten Gerichts an. Voller Gift und vor Hysterie noch lauter werdend, verkündet er den heiligen Dschihad, ein für alle Mal mit der gottlosen Regierung aufräumen, den Kommunisten, den weltlichen Schweinefressern, den Frauen, den Scheinheiligen und allem, was nicht richtig muslimisch ist.
Moussa wird es schlecht, sein Puls rast.
Als er die Menge der Gläubigen durchquert, zieht ihn jemand an seiner Jacke, Moussa dreht sich um. Du lieber Himmel, das ist doch Yacine, der Schlagzeuger der Gruppe Mitidja. Auch er Islamist?
Yacine, der Playboy aus dem *Madrague*, der größte Rotwein-Schlucker und Crevetten-Vertilger, der beste Bebop-Tänzer von Tipaza, der Einzige, der Mimi, die Frisörin vernascht hat.
Moussa kennt Yacine gut, der zu zwölft in einer Zweizimmerwohnung lebt, der nicht mehr arbeitet, seit er sich den Arm gebrochen hat, der gut und gerne achtunddreißig Jahre alt ist.
Tatsächlich kann es Moussa verstehen: Yacine ist müde geworden.
Tatsächlich wirst du so zum Islamisten, wenn du müde wirst. Zu müde zum Träumen, zum Lieben, zum Leben. Die besten Kumpel sind so gefallen, weil sie müde geworden sind, schließlich verlierst du den Durchblick.
Oberflächliche Konversation, wie geht's, es geht, und du, es geht, was ist aus XY geworden. Sie hört ebenso oberflächlich auf, irgendwann.

Moussa holt Derdiche und den schmächtigen Jüngling wieder ein, sie gehen Richtung Belcourt hoch, Schwärme von Kindern auf dem Boden, Abfall, Kiff- und Uringeruch, feuchte Hitze. Moussa denkt an Rachid, an die Siedlung *Garidi* ...

Nach einigen gewundenen Sträßchen hält die kleine Gruppe vor einem baufälligen Schuppen an. An der Wand steht in großen roten herabtropfenden Lettern: „Reifen-Reparatur".

Gleich darunter, mit derselben Farbe: SIEG FÜR DEN FIS.

Die Werkstatt ist geschlossen, durch die Löcher des eisernen Rollladens sieht man einen kleinen Streifen orangenen Lichts durchscheinen. Derdiche klopft an den Rollladen und ruft nach Gabès, der die Wasserpumpe hat.

Eine lange, schmächtige Figur schlängelt sich durch die Öffnung einer kleinen Türe auf der Seite. Es ist Gabès, er lässt sie eintreten.

Zwei Typen sind auch da, gegen einen Stapel alter Reifen gelehnt. Am Boden Weinflaschen, acht leere und drei volle.

Moussa sucht sich einen Platz zwischen dem Reifenheber und einem Becken mit schwarzem Wasser.

Barfüßig und mit hochgekrempelter Hose schlägt ihm Gabès einen Traktorreifen zum Sitzen vor:

- Setz dich dorthin, Gabès, das ist ein richtiger Wohnzimmersessel. Setz dich, schöner Junge.

Gabès nennt alle Gabès, folglich nennen ihn alle Gabès.

Moussa nimmt den Reifen und den traditionellen Schluck Wein gerne an. Er reicht die Flasche an Gabès weiter, der die Flaschenöffnung an seinem zerlumpten *Cambridge University*-Sweat-Shirt abwischt.

An der Wand alte Poster, Maradona, ein Kalender von 1982, auf dem eine Blondine im Badeanzug in einem Porsche zu sehen ist. Die Schamgegend der Blondine ist von einem Schraubenzieher zerfetzt.

Ein strenger Geruch von Reifengummi, Schlauchleim und Shit vermischt sich mit jenem von Urin, der aus dem verstopften WC ohne Türe kommt. Klebrige Hitze, fahles Licht, flackernde Glühbirne am Ende eines Elektrokabels ohne Isolierung.

Moussa betrachtet die schwarzen und rissigen Hände von Gabès, die einen dicken Joint rollen. Er denkt nur an eines: die Wasserpumpe nehmen und so schnell wie möglich abhauen. Aber er weiß, dass man das nicht macht, die Gastfreundschaft, die Regeln.

Nach drei Joints, einer weiteren Flasche Wein und einer müßigen Konversation kündigt Derdiche den Grund ihres Besuches an.

Gabès steht auf und wischt sich die Hände mit einem von Altöl schwarzen Lappen ab:

Ach klar, du lieber Gott, die Wasserpumpe: Das ist ein Geschäft! Ist sie für dich, Gabès?

Moussa nickt zustimmend, Gabès wühlt in einem alten Metallschrank herum. Seine beiden Freunde haben noch kein Wort gesprochen, sie sind völlig abgefüllt, ein dicker Glatzköpfiger und ein kleiner Hagerer.

Auf einem Stück Karton liegend, dreht sich der kleine Hagere zur Seite und pisst in das Becken mit dem schwarzen Wasser.

Bekifft versucht Derdiche, einen Joint zu rollen, er sucht vergeblich nach dem Zigarettenpapier, das vor seiner Nase liegt.

Gabès richtet sich wieder auf, schließt den Metallschrank, der nicht zugeht, und schwenkt stolz eine brandneue Wasserpumpe:
- Du hast Glück, Gabès, es war die letzte, es dauert sechs Monate, bis es wieder welche gibt. Oh, Gott ist mit dir, Gabès. Du musst unter einem glücklichen Stern geboren worden sein!
Gabès stellt die Wasserpumpe feierlich in die Mitte der Gruppe, alle Blicke sind auf sie gerichtet, glänzend, in Licht gehüllt. Der schmächtige Jüngling nimmt sie in seine Hände und streichelt sie entzückt.
Moussa fragt sofort, wie viel er ihm schuldet, Gabès nimmt einen betrübten Ausdruck an:
- Ach, mein Bruder, sie fürchten Gott nicht mehr! Diese Schweinehunde haben die Preise in die Höhe getrieben, ich muss die Kommission für den Typen bezahlen, alle schmieren, du kennst das, und ... ich, ich nehme nichts, oh nein, nein, du bist Gabès' Freund, du bist mein Bruder. Gut, sagen wir mal ... 3.000 Dinar, Preis unter Brüdern.
Moussa ist erschlagen, das ist mindestens das Fünfzehnfache des Preises.
Welchen Preises?
Er wühlt in seinen Hosentaschen und klaubt den Rest des gestrigen Verdienstes hervor, 4.000 Dinar, dann gibt er Gabès 3.000, der sie im Namen Gottes annimmt. Dann holt er eine Flasche, um das Ereignis zu feiern. Derdiche will sie entkorken, er sucht den Korkenzieher.
Gabès wendet sich Moussa zu:
- Weißt du, Gabès, wenn du irgendetwas brauchst, komm deinen Bruder Gabès besuchen. Alles, was du willst, sogar ... warte, ich zeig' dir was.

Er verlässt die Werkstatt. In der Zwischenzeit hat Derdiche endlich die Flasche mit einem Schraubenzieher geöffnet. Nachdem er sich einen großen Schluck genehmigt hat, reicht er sie an die Freunde weiter.
Gabès kommt nach einer Weile zurück, er hält eine glänzende Kalaschnikow in den Händen.
Moussa kriegt plötzlich große Angst, alle schauen die Waffe stillschweigend an. Das Gesicht des dicken Glatzköpfigen und des kleinen Hageren sind ausdruckslos.
Gabès spannt den Verschluss und visiert ein fingiertes Ziel an:
- Das ist ein Tier, mein Bruder! Heutzutage muss man bewaffnet sein, die Schwuchteln, die Schweinehunde, die Reichen ausmerzen, die Scheiße wegmachen. Bald wird es krachen, wer nicht bewaffnet ist, ist am Arsch. Alle werden bezahlen, das ist das Jüngste Gericht ... *Allahu Akbar*!

Derdiche, den Kopf an alte, von Flicken übersäte Schläuche gelehnt:
- Und wie viel willst du dafür?
Gabès zielt auf ihn:
- Dafür? Oh, nichts, 20.000 Kröten. Panzerfäuste, Granaten, Revolver, ich kann dir alles besorgen, was du willst. Die Brüder wachen darüber, wir werden das Bordell in die Luft jagen, yeah!
Gabès beginnt zu schreien und mit der Kalaschnikow zu hantieren. Moussa, in Angst und Schrecken versetzt, ist überzeugt, dass bald eine Bullen-Razzia oder Ähnliches stattfinden wird. Kalter Schweiß, abhauen, ja, einen günstigen Moment abwarten, eine Pause, schnell.

Es gibt keinen Wein mehr, mit einem irren Glanz im Blick schlägt Gabès händereibend einen Zombretto vor. Er holt zwei Flaschen hervor: Brennsprit und Grenadine-Sirup. Nachdem er die beiden in einer leeren Flasche gemischt hat, schüttelt er das Ganze kräftig. Zufrieden nimmt er einen tüchtigen Schluck, rülpst und reicht die Flasche an Moussa weiter, der unmöglich ablehnen kann.

Beim ersten Schluck verbrennt ihm ein gefräßiges Feuer die Brust, seine Augen, der Geschmack ruft Entsetzen hervor, Moussa hat das Gefühl zu ersticken, hat Lust, seine Seele aus dem Leib zu kotzen, Gabès krümmt sich vor Lachen:

- Ha, das macht frei, was, Gabès?

Die Zombretto-Flasche macht die Runde, der dicke Kahle und der kleine Hagere schlürfen ausdruckslos. Derdiche leert die Flasche mit verdrehten Augen.

Die Konversation gerät ins Stocken, Gemurre, lautmalerische Wörter, Gabès singt brüllend ein andalusisches Wiegenlied.

Gegen Mitternacht nützt Moussa einen günstigen Moment, um sich zu entschuldigen, er muss nach Hause, Derdiche will bleiben, da schlafen. Moussa dankt Gabès und Derdiche, verabschiedet sich von allen und verlässt die Werkstatt. Als er endlich draußen ist, atmet er in vollen Zügen die süße Nachtluft ein, zarter Duft von Gegrilltem und von Basilikum. Die Erkennungsmelodie der Nachrichtensendung von TF1 ertönt aus einem Haus, die Satellitenschüssel.

Die Kalaschnikow ist noch immer in seinem Kopf.

Der Zombretto auch.

Alle Elemente der Kalaschnikow sind im Zombretto.

Völlig aufgewühlt geht er zum kleinen Platz von Belcourt, die Wasserpumpe unter dem Arm, ein Taxi nehmen, nach Hause zurückkehren.
Unterwegs rechnet er nach, die Knete, wie schnell die doch weg ist … Von den 8.000 Dinar von gestern, wie viel bleibt noch? 1.000? Verrückt, wie das Geld durch die Finger rinnt! Aber es wird schon gehen, noch eine Hochzeit Ende des Monats. Und vom Juni an mindestens drei Hochzeiten pro Woche, ja, es wird schon gehen. Einen Satz Saiten für die Mandola einplanen vor Donnerstag, ja keinen Mist bauen.
Kleiner Hunger, nichts gegessen heute, völlig gestört, dieses Nachtleben. Er erreicht den Boulevard, wo es von Menschen wimmelt. Trotz später Stunde ist der Bürgersteig von Kindern besetzt, die alles nur Erdenkliche verkaufen. Es ist feucht, alles klebt auf der Haut.
Zu seiner Rechten erspäht Moussa einen Imbiss. Er bestellt ein Käse-Sandwich und einen Zitronensaft, um den Zombrettogeschmack loszuwerden.
Kitschig dekorierter Kiosk, fahle Farben, grelles Licht, totale Islamisten-Ästhetik. Auf der Theke verbreitet ein riesiges Radio in voller Lautstärke Koranverse. Der magere Servierer mit üppigem Bart, in seinem viel zu großen Kamis bringt das Bestellte, das Moussa sogleich bezahlt.
Neben die Kasse gelehnt, betrachtet Moussa ein an die Wand geklebtes Zeitungsbild: Abassi Madani und Ali Benhadj, die Anführer des FIS, mit einer Bildunterschrift mit grünem Filzstift: *Incha' allah …*
Das verdirbt ihm gleich den Appetit, er weiß nicht mehr, wohin schauen, um in Ruhe zu essen, der Käse schmeckt seltsam, der Saft noch schlimmer, saurer Nachgeschmack.

Plötzlich sieht er eine Fliege sich in seinem Glas tummeln. Fürchterliche Lust sich zu übergeben, er hört auf zu kauen und ruft den Kellner herbei, um ihm die Fliege zu zeigen. Unbeeindruckt nimmt dieser einen Löffel und fischt die Fliege heraus, so, das wär's. Moussa meckert, der andere schlägt vor, ihm ein neues Getränk zu bringen.
Moussa hört auf zu kämpfen und verlässt den Kiosk, die Wasserpumpe im Arm. Angewidert nimmt er den Käse aus seinem Sandwich, wirft ihn weg und isst das Brot ohne rechte Überzeugung, den Hunger überlisten.
Kinder stürzen sich auf den am Boden liegenden Käse. Moussa steht am Straßenrand, Taxi, nach Hause zurück.
Fatiha, ihre großen grünen Augen, ihr samtiges Lächeln. Auf einen Schlag fühlt sich Moussa sauber, das bloße Denken an sie wäscht die Scheiße um ihn herum weg, schon seit fünf Jahren …
Keusche Liebe, versprochen, Moussa, ein Gentleman, was dies betrifft, nicht vor der Hochzeit, kein Problem. Aber um zu heiraten braucht es eine Wohnung, und um eine Wohnung zu kriegen …
Düstere Aussichten, Gleichung: Vierzehn in drei Zimmern, Papas Geschrei, die Knirpse, diese Vorstellung nimmt ihm die Luft.
Plötzlich … nein, ist er das nicht?
Hinter einer Straßenlaterne entdeckt er einen Mann, dickbäuchig, um die 50, Kamis, Schlappen, der die Straße überquert. Aber das ist doch Saïd, der Exmann von Zhor, dieser Dreckskerl, der sie verstoßen hat!
Moussa erinnert sich an die Hochzeit seiner großen Schwester, er hatte sein Bestes gegeben: Geld, Musik, für alles hat er gesorgt, er liebt Zhor, alle lieben Zhor. Djelloul hatte ein

Auto für den Hochzeitszug hergerichtet, einen Mercedes, den er reparierte, er hat sogar die Blumen bezahlt. Aus seinem eigenen Portemonnaie, darauf hat er bestanden, ein guter Kerl, Djelloul.

Danach hat Saïd, dieser Dreckskerl, ihr zwei Kinder gemacht, eines nach dem andern. Maya und Fella. Er hat Zhor gezwungen, den Hidjab zu tragen, er hat sie geschlagen. Sie ist ein Dutzend Mal weggelaufen, bis zu dem Tag, an dem er sie verstoßen hat, einfach so, die Gerechtigkeit des Islams. Das war, als Zhor mit ihren beiden Mädchen nach Hause zurückkehrte. Nicht mehr wiedergesehen seither.

Lust, ihm die Fresse zu polieren ... Moussa sieht ihn an der Straßenecke verschwinden.

Ein gelbgrüner Peugeot 204 hält an, Taxi, Moussa schluckt seine Wut herunter und stürzt sich hinein.

Lederjacke, jung, der Fahrer fährt los und legt eine Kassette ein, ein Wunder: Stevie Wonder.

Moussa glaubt zu träumen, er entspannt sich und bietet ihm eine Marlboro an. Gibt's das noch? Solche jungen Leute in Algerien? Stilvoll, fein, modern, wie ein Italiener.

Während sie ins Viertel *Hamma* hinauffahren, kommen sie ins Gespräch, der Taxifahrer ist auch Sänger:

- Ja, wir sind daran, eine Band zu gründen, Jazz, Blues, westliche Unterhaltungsmusik, für den Sommer, einen Vertrag ergattern, vielleicht etwas an der Küste, die Hotels ...

Moussa aufmunternd:

- Ich kann dir helfen, ich kenne den Direktor des Hotels Minzah, er ist ein Bursche aus meinem Kaff.

Der Fahrer gibt ihm seine Adresse und Telefonnummer, er heißt Réda:

- Das wäre nett. Aber ich frage mich ... der FIS, all das ...

Moussa gereizt:
- Was, der FIS? Die machen doch bloß Krawall, das ist alles, die werden nie die Macht ergreifen. Das Land regieren? Die können ja kaum einen Gemüsegarten bewirtschaften, nein, nein! Und du denkst, die lassen sie machen. Die Armee, all das … Nein, viel Lärm um nichts, das ist alles.
Réda skeptisch:
- Ja, aber sie sind bewaffnet, der Angriff auf die Admiralität und das Gericht von Blida … all die Demonstrationen, es gab mindestens eine Million Teilnehmer das letzte Mal.
Moussa bricht in Gelächter aus:
- Was, eine Million? Warum nicht gleich eine Milliarde? Geht's dir nicht gut? Hunderttausend, zweihunderttausend, nicht mehr. Die Demo der Demokraten, ich war dabei, wir waren über eine Million. Freies Algerien, Frauen, Kaderleute, Intellektuelle, Künstler, warst du nicht dabei?
Réda schaltet in den vierten Gang:
- Ähm, nein …
Moussa, ermutigt:
- Siehst du? Dahin muss man gehen, sich zeigen. Ich sag's dir, die werden wir kalt machen. Der FIS, das ist nicht die Mehrheit. Was ist mit den guten Leuten, den Kaderleuten, den Arbeitern? Das sind die wahren Algerier, nicht dieses Gesindel …
Réda wechselt die Kassette:
- Vielleicht hast du Recht. Und du, was machst du?
Moussa weiß nicht so recht, wie er sich vorstellen soll:
- Ähm, ich bin auch Sänger … kabylisch. Aber nicht wie die anderen, nein. Nichts Traditionelles, mein Stil ist eher … Prince, Michael Jackson, verstehst du?

- Oh, ja, ich würde dich gerne mal hören ... hast du schon etwas aufgenommen?
- Nein, noch nicht, ich nehme mir Zeit dafür, ich will nicht irgendetwas machen. Ich habe schon Angebote gehabt, aber ich warte noch, ich will es richtig machen.
Réda überholt einen Lastwagen:
- Du hast Recht.
Mülleimer, Brachland, die Siedlung *Sonne und Meer*, das Taxi setzt Moussa neben einer Traube Bärtiger ab.
Die Wasserpumpe in der Hand, die Hüfte an den Kotflügel des Autos gelehnt, quatscht Moussa noch ein bisschen mit Réda, dann trennen sie sich.
Das tut gut, solche Leute kennenzulernen, clean. Und ich habe gedacht, das gäbe es nicht mehr in diesem verdammten Land.
Einen Satz Saiten für die Mandola organisieren.
Und ... ja, die Verabredung mit dem Journalisten ... ein kleiner Artikel, das wäre genau das, was ich brauche.
Moussa weicht einer Pfütze aus, er zieht das Interesse der Traube neben den Mülleimern seines Treppenhauses auf sich und senkt seinen Blick, als er auf sie zugeht.
Auf ihrer Höhe angekommen, räumt er ihnen ein kurzes *Salam Aleikum* ein, das sie ihm ausführlich erwidern, mit der ganzen Tirade zum Gedenken an den Propheten: Gebete und Heil für ihn und die Erhabensten seiner Begleiter.
Moussa saust auf die Treppe zu, es muss 1 Uhr morgens sein. Eine raue Stimme ruft ihn, es ist Baïza, der einstige Gauner der Bushaltestellen, der Bauch-Aufschlitzer.
Ja, er ist es tatsächlich, er löst sich aus der Traube und kommt auf Moussa zu. Von tausendundeinem Kratzer des Lebens gezeichnetes Gesicht, einst ein brillanter Fußball-

spieler. Moussa erinnert sich an die Fußballspiele im Viertel, wenn Baïza den Ball hatte, war es unmöglich, ihm diesen wegzunehmen, ein Zauberer, er schien eine rosige Zukunft vor sich zu haben.
Aber das Leben …
Sehr früh von der Schule geworfen, geriet Baïza bald auf die schiefe Bahn. Zuerst war er ein starker Trinker, danach alles: Haschisch, Amphetamine, technisches Chaos. Dreimal verhaftet wegen Überfall mit Stichwaffe, zweimal sechs Monate Knast.
Eine richtige Viper, läuft seit kurzem unter dem Deckmantel der Islamisten umher, Moussa weiß es, er drückt die Wasserpumpe an seine Brust.
Baïza übernimmt den zuckersüßen und zärtlichen Ton von Abassi Madani:
- Friede sei mit dir, Bruder. Wie geht es dir? Deinen Eltern, deinem armen Bruder Sahnoun, geht's ihm besser?
Moussa versucht, den richtigen Ton zu finden:
- Ja, Gott sei Dank. Er isst, er schläft, er ist nicht aggressiv, es geht.
Seine Hände streichelnd, antwortet Baïza:
- Gott sei Dank, Gott sei Dank. Ihr seid eine geachtete Familie, eure Handlungen sind immer im Sinne Gottes …
Moussa philosophisch:
- Wir nehmen es, wie es kommt, Baïza. Man fällt hin und steht wieder auf, so ist das Leben.
- Ja, „Gott der Allmächtige gibt und nimmt", das ist sein Wille. Wir sind alle in seiner Hand. Sag mal, ich wollte schon lange mit dir reden über … meine Sorgen. Oh, bloß Gutes, du kannst sicher sein, bloß Gutes. Komm, lass uns ein paar Schritte zusammen gehen.

Erstaunt folgt ihm Moussa. Baïza zieht ihn am Arm hinter die Mülleimer, wo sie von den Anderen ungehört sind:
- Weißt du, ich mache mir schon länger Sorgen um dich. Ich sage mir: Moussa ist doch unser Bruder, er hat viele Qualitäten, loyal, aufrichtig, großzügig, da sind sich alle einig. Zudem gebildet, intelligent …
- Gott sei Dank …
- Ja, Gott sei Dank. Das ist die Wahrheit. Bloß … es fehlt dir nur etwas …
Moussa sieht es kommen, er kennt diese Art blumiger Predigten auswendig:
- Was?
- Ach, nichts Großes. Weißt du, du fehlst uns enorm in der Moschee. Wir sprechen oft über dich. Und weißt du, was wir uns gesagt haben? Wir haben uns gesagt, dass dir schließlich nur das Gebet fehlt, um perfekt zu sein.
Moussa versucht einen Coup zu landen:
- Aber ich bete in meinem Herzen, ich mache Ramadan und „bezeuge, dass es keinen Gott gibt außer Allah und dass Mohamed sein Diener und sein Gesandter ist".
Baïza geht zum Tackling über:
- „…Friede sei mit seiner Seele". Das ist gut, daran zweifelt auch niemand, Moussa. Bloß … der Weg der Moschee wird dein Leben erleuchten. Gott wird dich vor Satan beschützen, und du wirst sehen, wie die Engel zu dir sprechen werden …
Stecknadelkopfgroße Pupillen, lauernd, Moussa ist überzeugt, dass er zugedröhnt ist, typischer Blick für jemanden, der mit Valium und Mandrax vollgestopft ist.
- Du hast Recht, Baïza. Aber ich fühle mich noch nicht bereit, ich denke darüber nach, das kommt bestimmt. Ich bin

noch in der Finsternis, ich glaube, ich fühle mich noch nicht genügend rein ...

- Sag mal, dein Beruf ... Sänger, das ist eines wahren Muslims unwürdig, das ist etwas für verlorene Seelen.

Moussa blickt ihm direkt in die Augen:

- Aber wir müssen von etwas leben, Baïza, weißt du, zu Hause gibt es vierzehn hungrige Mäuler zu stopfen.

- Das ist Gottes Wille. Ich weiß das alles, ich kenne deine Familie, wir sind zusammen aufgewachsen. Aber ... wie viel verdienst du mit deinem ... Beruf?

- Kommt drauf an, ist nichts Regelmäßiges.

Baïza zielgerichtet:

- Hör zu, wir haben in der Moschee eine Entscheidung getroffen, wir werden für dich eine sauberere Arbeit finden, bei der du dir deinen Lebensunterhalt mit reiner Seele verdienen kannst. Unter der Bedingung, dass du dich uns im Dschihad gegen die Finsternis anschließt. Was hältst du davon?

Moussa spielt den totalen Idioten:

- Oh, kein Problem! Weißt du, die Arbeitslosigkeit, all das ... ich verlange gar nicht mehr. Was will der Blinde?

- Wir werden eine gesunde Arbeit für dich finden, Lehrer zum Beispiel. Wir haben dank Gott viele Beziehungen. Ach, und dann musst du noch mit deinen Schwestern reden. Durch Gottes Willen sind sie richtige Frauen heute. Du musst natürlich mit Engelszungen zu ihnen sprechen. Sag ihnen, dass sie ihre Nacktheit verhüllen sollen, sie müssen den Hidjab tragen. Gott wird ihnen so helfen, den Teufel zu bekämpfen. Jetzt lass ich dich schlafen, ich weiß dass man auf dich zählen kann. Bis bald, *Incha'allah.*

- *Incha'allah.*

Sie trennen sich, Moussa wechselt die Wasserpumpe von der linken in die rechte Hand, die linke ist ganz feucht. Baïza kehrt wieder zu seiner Traube neben den Mülleimern zurück, Moussa geht Richtung Treppenhaus.
Nichts zu machen, ideal ist es zwischen 5 und 6 Uhr morgens heimzukehren, da bist du sicher, dass du niemanden siehst. 1 Uhr morgens ist noch zu früh, ich kenne deren Leben allzu gut, fünfzehn oder zwanzig in zwei Zimmern, manchmal in einem einzigen. Wie Spartacus, die sind zu zehnt in einem zwanzig Quadratmeter großen Zimmer. Er schläft abwechselnd mit seinen Brüdern im Korridor, zwangsläufig, der Ärmste.
Voller Wut steigt Moussa die fünf Stockwerke hoch und weicht im Vorbeigehen einer fetten Ratte aus. Leise öffnet er die Tür, die Stirn schweißgebadet, zieht seine Mokassins aus und schleicht in sein Zimmer. Eurhythmie des Schnarchens, dreizehn Seelen in den finsteren Netzen des Schlafes.
Im Wohnzimmer schlafen Oma, Saliha, Ouardia, Kahina, Zhor und die kleine Fella. Im anderen Zimmer Papa, Mutter und Nacéra.
Riesige Lust auf die Terrasse des Gebäudes zu steigen und dem Universum seinen Ekel, seinen Groll herauszuschreien, ein Sturzbach von Tränen übermannt ihn.
Er reißt sich zusammen.
Die Musik, ja, die Musik allein.
Schuften, schuften, schuften. Der Beste von Algerien werden, der Beste der Welt, wie ein Diamant am großen Himmel der wirklichen Stars glänzen, Moussa MASSY, so in Großbuchstaben, mit dem Laser geschrieben, wie bei den Konzerten von Prince, immer mit Fatiha, eine Kulisse fürs Herz.

Grün und zärtlich, die Erinnerung an Fatihas Augen lindert sein Leid, plötzlich ist Frühling.
Glänzende Hoffnungsperlen, wie ein Safran-Gedicht, fließen in vollendeter Liebe seine Haut entlang, in seinen Venen goldene Flüsse, ja, Fatiha, für sie, alles für sie.
Auf den Fußspitzen steuert er ins Dunkel, niemanden aufwecken. Im Korridor stehen drei Paar Schuhe, er stellt seine dazu und tritt ins Zimmer. Sie sind alle da: Sahnoun, Mohand und Slimane, sie schlafen alle. Jeder auf seiner Matratze am Boden, jeder gegen seine Wand, und die kleine Maya, die die Runde macht, jede Nacht mit einem anderen Bruder, heute schläft sie bei Mohand.
Moussa stellt die Wasserpumpe in eine Ecke, entkleidet sich und wirft sich auf seine Matratze. Er kann keinen Schlaf finden, was zu viel ist, ist zu viel, er lässt seinen Tränen im Dunkeln freien Lauf. Die Faust geballt, weint er über sein schäbiges Leben, sechsunddreißig Jahre, und sein Leben hat noch nicht mal richtig begonnen, nicht einmal verheiratet. Der Schlaf beginnt langsam, seinen Schmerz zu heilen, Gesichter tanzen vor seinen Augen, lächelnd, duftend, Rachid, Farid, Sam, Réda, Fatiha. Bevor er vom Schlaf übermannt wird, schreibt er mit fetten Buchstaben auf die Mauer seines Bewusstseins: standhalten.

Montag, 14 Uhr, *Ryadh El Feth*, Teestube *El Arika*, im *Bois des Arcades*, trendiger Ort im hippen Algier. Perfekte Wärme, königliche Sonne, klarer und blauer Himmel, wie eine verwaschene Jeans.

Moussa ist auf der Terrasse, schwarze Brille, Dupont-Feuerzeug, Marlboro auf dem Tisch. Er posiert ein wenig, während er auf Fatiha wartet, er liebt das: 501er Jeans, schwarzes Lacoste-Shirt, weiße Turnschuhe, kleines Silberarmband.
Schmetterlinge tanzen auf den Geißblatt-Büschen, die Luft flimmert, es ist sattgrün, man sieht ein Stück der Bucht von hier aus.
Prinzipiell ein guter Tag. Verabredung mit Fatiha, dann mit dem Journalisten um 18 Uhr, man kann nie wissen, vielleicht ein Artikel.
Sein Blick schweift über die Bäume, die Bucht in die Ferne, *Cap Matifou*, *La Pérouse*, Erinnerungen, Militärdienst.
Alle Tische sind besetzt, begüterte Mädchen und Jungen, die Sprösslinge der Bourgeoisie von Algier. Man ruft sich laut auf Französisch zu, das ist selten heutzutage in Algier:
- Hör auf, du nervst!
- He, schau mal die Tussi an der Kasse, wow ....
Jet-Set-Jugend, Sorglosigkeit der Oberschicht, Papa und Mama wachen über alles, Französisches Gymnasium in Algier, Ferien in Lausanne, Los Angeles, Disneyland bei Onkel Kader.
Vor riesigen Eisbechern sitzend, Schlagsahne, Himbeere, Melba, die Mädchen sind hinreißend, offene Haare, Jeans und T-Shirts direkt von drüben, Samtwangen, bereits gebräunt, Wochenendhäuschen im *Club des Pins* mit Raouf und Tante Nelly, Spazierfahrt im Schlauchboot und gegrillte Sardinen im orangefarbenen Licht der Dämmerung.
Der Parkplatz ist voll, Mercedes, BMW, Golf Cabriolets. Man kennt sich, die Begüterten, Kinder von Ministern, Generälen, mächtiger und edler Mikrokosmos.

Moussa versucht cool auszusehen, er raucht seine Zigarette hinter seiner dunklen Brille und liest die Zeitung.
Er versteht diese Welt, kein Problem, aber sie … ob sie die seine verstehen? Vielleicht Rachid, wenn überhaupt. Es stimmt, Rachid ist anders, er hat schon was erlebt.
Er bestellt sich einen weiteren Kaffee, aus den Boxen ertönt *Your Song* von Elton John, instrumental.
Moussa schielt zu den Girls, schnuppert die Parfums und vertieft sich wieder in seine Zeitung. Sportseite: „Achtelfinale im Algerien Cup, NAHD/CRB, das Derby“, eieiei, das wird krachen, mein Bruder!
Eine Gestalt taucht auf der Terrasse auf, lange schwarze Haare, mandelförmige grüne Augen, getupftes Kleid, es ist Fatiha. Moussas Herz singt, Handzeichen, sie kommt auf ihn zu, küsst ihn schüchtern und setzt sich.
Jedes Mal dasselbe Gefühl, ihre Augen glänzen wie beim ersten Mal, Kerzenleuchter der Liebe, schon seit fünf Jahren …
Kindheitsfreunde, Siedlung *Sonne und Meer*, jeden Morgen Brot holen bei Bouhar, ungefähr 13 Jahre alt, mit ihrem Bruder Mustapha, zwei große Brote, fünf Baguettes und ein Fladenbrot, großer gelber Korb. Oder eben vom Wohnblock hinunter kommen, kleine Zöpfe, rote Shorts, Sardinen kaufen beim fliegenden Fischhändler, jeden Donnerstag.
Ich habe sie unbefangen angeschaut, keine Ahnung zu jener Zeit, Schwesterchen aus der Siedlung, das war alles, Anflug von Zärtlichkeit. Tatsächlich habe ich erst nach der Zeit bei der Armee Feuer gefangen, als ich sie nach langen Monaten wiedergesehen habe. Purpurroter Frühling, es war Februar, März, ein Montagnachmittag, sie kam vom Gymnasium mit meinen Schwestern, ich habe sie nicht wiedererkannt, eine

richtige Frau: aufreizende Brüste, knackige Waden, rote Wangen, ja, da hab ich sie richtig angeschaut. Ich trug meine Ausgangs-Uniform Nationalmarine, kurzärmliges weißes Hemd, nachtblaue Hose, schwarze, gut geputzte Schuhe, Schirmmütze mit Kordel und vergoldeter Tresse: Unteroffizier Boudjiri, zu Ihren Diensten, Herr Major! Als sie sich umgedreht hat, ihr Lachen in der Sonne hat erklingen lassen, als sie mit diesem grünen Blick mitten in mein Herz getroffen hat, da ist es passiert, da hab ich völlig Feuer gefangen, seither ist das so, Fatiha.

Die Musik wechselt zu Raï über, der neuste Cheb Hasni, *El Beida, mon Amour,* auffälliger Synthesizer. Gute Stimme. Moussa:

- Und, meine Schöne, alles gut überstanden?

Fatiha, errötend:

- Ja, die ganze Familie war da. Mein Onkel ist extra aus Frankreich zur Beerdigung gekommen.

Sie schaut ab und zu nach rechts, nach links, man weiß nie, ein Bruder, ein Cousin, jemand, der lästert.

Moussa, den Kellner herbeirufend:

- Ich erinnere mich gut an deinen Großvater, ich habe einmal mit ihm in Tizi Ouzou diskutiert ... sehr gebildet, er sprach ein einwandfreies Französisch, er rezitierte auswendig Victor Hugo. Ja, die ältere Generation ...

- Er war einer der ersten algerischen Lehrer, 1920, kannst du dir das vorstellen?

In Weste und Pluderhose, nationale Werte, da kommt der Kellner. Kautabak unter der Oberlippe, nimmt er die Bestellung auf, Pistazien-Eis für ihn, Erdbeere für sie.

Bermudas, weite gestreifte Trikots, Sonnenbrillen, eine Gruppe Jungen und Mädchen sucht einen Tisch.

Man kann wohl sagen, dass es Nacéra zu verdanken ist, sie hat einmal zu mir gesagt, ich könnte mir euch gut zusammen vorstellen, ich war gerade dreißig Jahre alt geworden, ein Alter, in dem man besser nicht mehr alleine ist.
Nach der zweiten Klasse aus dem Gymnasium El Idrissi geworfen, kleiner Job bei der Post von Télemly, Verwaltungsangestellter. Und dann ... nein, das konnte nicht so weitergehen, hab ich schnell gesehen, nach sechs Monaten hatte ich die Schnauze voll, Kündigung und die ganzen Unannehmlichkeiten. Das hat mir Papa nie verziehen. Danach hab ich mir gesagt, come on, bleib cool, mach deinen Militärdienst. Zwei Jahre Konserven fressen, das ist immerhin etwas!
Fatiha ist gerade im richtigen Moment gekommen!
Eigentlich war es an Zhors Hochzeit, als es mich richtig erwischt hat, so ist es im Leben, manchmal ... du denkst es ... und dann zack, passiert etwas. Fatiha war eingeladen, ich hatte den ganzen Abend gesungen, am Schluss kam sie zu mir, im Garten, die Augen tätowiert mit Liebe, der Mond über uns, das Gold auf ihren Haaren, ihrem Gesicht. Da habe ich mir gesagt: Das ist es, was ich will, das ist für mich Liebe.
Junges Mädchen aus guter Familie, Fatiha hat sofort Grenzen gesetzt: Nicht vor der Hochzeit. OK, das ist normal, ich habe es akzeptiert, alles für sie, ja, das ist ganz normal. Trotzdem zwei, drei gewagte Berührungen, die Ware prüfen, der Rest ist reine Fantasie, Berauschtheit.
Aber Berauschtheit tut gut ...
Zum Bumsen kein Problem, es gibt Prostituierte, fleischliche Begegnungen, Treppenhaus, Waschküche, Keller, Terrassen. Aber das ist nicht dasselbe. Nein, hat nichts damit zu tun, Fatiha, das ist Fatiha, Punkt, Schluss.

Ein Junge küsst sein Mädchen auf den Mund, also so was, Donnerwetter: Schön dreist, der Typ! Moussa sieht, wie Fatihas Wangen sich röten.
Der Kellner bringt das Eis, erfrischend, Moussa:
- Pistazie Erdbeere, grün und rot, die algerische Flagge.
- Aber sie ist nicht wirklich grün, deine Pistazie, da ...
- Es stimmt, sie ist beinahe blau, blau, weiß, rot, Frankreich, Victor Hugo, de Gaulle. Wir Algerier sind entweder so oder so.
- Mmhh, das Eis ist köstlich!
Moussa bringt es auf den Punkt:
- Weißt du, dass du mir gefehlt hast, Fatiha, ich habe andauernd an dich gedacht.
Anständiges junges Mädchen:
- Ach ja?
Moussa wechselt den Ton:
- Ja, und zudem habe ich es satt, ich will dich heiraten. Ich muss mit deinen Eltern sprechen.
- Aber du hast doch keine Wohnung, Méziane ...
Nur die Familie und Fatiha nennen ihn Méziane.
- Das kommt schon, ich werde eine Wohnung kriegen. Warte, bis ich ein wenig berühmt bin, hast du denn kein Vertrauen in mich?
Fatiha strahlt ihn an:
- Das ist es doch nicht, Méziane. Du kennst ja meine Eltern, sie sind sehr streng in dieser Beziehung. Wenn es ums Heiraten geht, kommen immer dieselben Dinge zur Sprache: Die berufliche Stellung, Wohnung, Bankkonto, Auto ...

- Na und? Ich bin kein Ganove. Ich verdiene mehr als ein Bankier oder ein Ingenieur. Und das ist erst der Anfang ... Übrigens, ich treffe nachher noch einen Journalisten.
Aufgeschreckt, die Schöne:
- Aber du bist schon 36, bist du dir dessen bewusst? Und ...
- Na und? Was sind schon 36 Jahre, es gibt kein Alter für ... ich werde mit deinen Eltern sprechen, was hältst du davon?
Verwirrt vor Liebe:
- Ich ... wie du willst, was soll ich sagen? Du weißt schon, was du machst.
Zwei Stunden später verlassen sie die Teestube und spazieren im *Bois des Arcades*, dem einzigen freien Ort, wo die Verliebten Algiers etwas Freiheit genießen. Schwarzmarkt-Zärtlichkeit.
Ryadh El Feth, Drittwelt-Replik des *Forum des Halles* in Paris. Massive Betonstruktur auf drei Ebenen, schicke Läden, Kinosäle, Kunstgalerien, Luxus-Restaurants, Aerobic- und Tanzstudios, das Zentrum der Kunst, der *Bois des Arcades*. All dies ist um das imposante Denkmal für die Toten herum gebaut. Drei riesige ineinander verwobene Blätter aus Beton öffnen sich zum Himmel. Das Symbol der drei Revolutionen: die Industrie-, die Boden- und die Kulturreform. Einheits-Ästhetik der Volksrepubliken, buchstäblicher Faschismus, zwischen Käppi und Turban.
Hand in Hand schlendern sie zur Bushaltestelle hinunter. Hand in Hand gibt es nur im *Bois des Arcades*, anderswo ist es verboten, der Tratsch, die Islamisten.
Moussa wartet mit ihr auf den Bus, er sieht, wie sie sich der Menschenmenge anschließt und im Bus verschwindet, der sogleich losfährt.

So läuft es, sie sehen sich zwei Mal pro Woche, brav. Die übrige Zeit verbringen sie Stunden am Telefon – mit Codewörtern. Wenn die Familie um sie herum ist, heißt „Morgen ist schönes Wetter", ich liebe dich. Die Vornamen wechseln ebenfalls ihr Geschlecht: Fatiha tut, als ob sie mit Habiba, einer Freundin, sprechen würde. Er nennt sie Habib, und das seit fünf Jahren.
Moussa wagt nicht, allein im *Ryadh El Feth* zu bleiben, zu viel Luxus, zu großartig für ihn, nicht seine Welt, nein, überhaupt nicht.
Nun muss er nach *Léveilley* fahren, Verabredung mit dem Journalisten um 18 Uhr, nun ja, vielleicht …

Taxistandplatz, Moussa nimmt nur Taxis, nie den Bus, zu viele Leute, die Nerven, also zieht er es vor. Wohlgemerkt, er kann es sich leisten.
Ein Peugeot 404 mit Abdeckplane hupt, er dreht sich um, es ist Djelloul.
Moussa steigt ein, Djelloul hatte gerade den Vergaser an diesem Schlitten ausgewechselt und war auf Probefahrt. Derbe Witze und den Rhythmus mit der Faust während der Fahrt auf die Autotür schlagend. Er setzt Moussa in *Léveilley* ab, einem angrenzenden Vorort des Elends und des Islams.
Moussa geht Richtung Dezdazas Kneipe, eine improvisierte Bar ohne Schild, ohne Fenster. Zement und Hohlbetonsteine, ein paar Tische, keine Stühle, man sitzt auf Bierkisten. Vollgestopft mit Leuten. Moussa sucht, die Augen zusammenkneifend, den Journalisten. Alle sprechen laut, Rauch, die Leute sitzen eng aufeinander. Endlich stöbert ihn Moussa in einer Ecke mit zwei Kollegen auf.

Kamel Hamidi, Verantwortlicher der Rubrik Kultur der *Algérie Actualité*, der Wochenzeitung der Kader, der *Nouvel Observateur* des Maghreb. Ihr Tisch versinkt unter den leeren Bierflaschen.
Kamel macht Moussa ein Zeichen, Vorstellungsrunde, Krimo, Fouad, beide Journalisten beim *Nouvel Hebdo,* alle sehen schon recht besoffen aus.
Moussa setzt sich mit dem halben Hinterteil auf die Kiste von Kamel, sie wollen ihm etwas zu trinken bestellen, der Kellner ist überfordert, sieht nichts mehr.
Schnurrbart und Türkenbrust, Dezdaza, das ist der Besitzer, ihm entgeht nichts. Von Kunden umgeben, dirigiert er den Kellner an ihren Tisch. Dieser stellt mit Getöse eine Kiste Bier vor Moussa. Es gibt sowieso nichts anderes als Bier. Und zwar kistenweise, keine einzelnen Flaschen.
Jeder auf seiner Kiste sitzend, nehmen die drei Journalisten ihr Gespräch wieder auf, die Geheimnisse der Politik, der FIS, die Demokraten, die Berberisten ...
Fouad, Trotzki-Brille, dichter Schnurrbart:
- Das kommt von der extremen Rechten der FLN, der FIS. Um den linken Flügel, die Progressiven zu nerven.
Klein, rundlich, Kamel beruhigt sie:
- Warte, warte, ich werde es dir erklären, das Business. Das ist die internationale Reaktion, der CIA, der IWF, all das. Sie haben in den 70er Jahren in der Dritten Welt Fundamentalisten-Basen entstehen lassen. Warum? Also gut, ich sage euch warum: Um den Kommunismus in den Arsch zu ficken, die Linke eben. Das ist es. Das ist dialektisch, sie steuern die Saudis, warum? Weil das purer Vorteil ist! Nun ja, diese Idioten von Saudis finanzieren die Fundamentalisten über

den CIA, und dann gibt es das Öl … hast du das Buch von James Berg gelesen, *Der Turban und der Brunnen*?

Nach vier oder fünf Streichhölzern gelingt es Krimo, eine Tarik anzuzünden:

- Ja, aber er ist Jude …

Fouad unterbricht, seine Brille zurechtrückend:

- He du, da hört doch alles auf! Marx war Jude, Einstein, Freud, Newton ebenso, die Liste ist lang. Wenn du Juden siehst, hörst du auf zu denken? Ich denke, wenn der FIS die Wahlen gewinnt, wird die Armee zwangsweise die Macht ergreifen!

Kamel entgegnet ihm:

- Elementar, mein lieber Watson!

Fouad, seine Brille wieder zurechtrückend:

- Und folglich wird man sich den Gegebenheiten entsprechend entscheiden müssen: Fundamentalisten-Staat und/oder Militär-Staat.

Moussa nippt an seinem Bier, kapiert nicht viel, aber findet es spannend. Fouad kauft Erdnüsse von einem in Lumpen gekleideten Kind.

Krimo will die Situation analysieren:

- Aber … die Konstanten der Nation, die Flagge, die Nationalhymne, die Verfassung, die Islamisten scheißen drauf. Für sie ist das gottlos, sie haben die Symbole der Republik mit Füßen getreten, die Gräber der Märtyrer der Revolution geschändet …

Fouad öffnet ein Bier, das er zwischen den Knien festgeklemmt hat:

- Das ist das Zeichen ihrer Internationalen. Für sie gibt es den Begriff der Republik nicht, sie haben nie eine islamische *Republik* gefordert, sie sprechen von einem islamischen

Staat, das ist nicht dasselbe. Bei ihrem Vorhaben gibt es bloß die *Umma*, die große Urmutter des Islams, das heißt, eine subjektive Grundlage, die auf einer Meinung basiert: dem Glauben. Alles andere ist verboten, ihr müsst El Mawdoudi lesen.

Kamel glättet mit zynischem Blick seinen buschigen Schnurrbart:

- Diesen Idioten? Das ist doch Scheiße! Hält keiner Analyse stand, nicht eine Sekunde …

Krimo, aus der Flasche trinkend:

- Ja, aber El Mawdoudi ist momentan ihre … Bibel. Ihre gesamte Ideologie stammt davon ab: Das Scheitern des Kommunismus und des Kapitalismus, also entscheiden wir uns für den Islamismus.

Kamel explodiert:

- Ich mag keine Karotten, ich mag kein Tennis, also nehme ich den Zug. Etwas klemmt doch in ihrem Syllogismus, was denkt ihr?

Fouad, rülpsend:

- Ja, daher die systematische Zerstörung von Symbolen, Besitz und Gütern, die eine ganz andere Art von Macht bedeuten als theokratische … islamische in diesem Fall.

Kamel öffnet eine Flasche mit seinem Feuerzeug:

- Zurück zu den Teppichen, Oasen und Kamelen, ist es das?

Fouad, nach einem kräftigen Schluck:

- Ja, wenn du willst. Ich weiß, dass das naiv klingt, aber es funktioniert, sie haben nichts im Kopf. Das ist der Preis, den wir zahlen für 30 Jahre Gefasel des Bildungswesens, eine Katastrophe. Algerien ist ein riesiger Mülleimer auf einem Pulverfass, das ist die heutige Situation.

Moussa zappelt, er liebt es, Leuten zuzuhören, die auf hohem Niveau die Situation analysieren. Er spürt, dass er auch etwas dazu zu sagen hat. Er öffnet eine Flasche.
Zwei Tendenzen zeichnen sich in der Diskussion ab. Die eine, von Krimo vertreten: Weil Chadli den FIS legalisiert hat, wird es ein russisches Roulette geben. Nach den Massenunruhen von 1988 und deren Niederschlagung fühlt sich das Volk gedemütigt und wird geschlossen für den FIS stimmen. Du kannst einen Algerier nicht lange so erniedrigen, der reißt dir den Arsch aus deiner Seele, wild und rebellisch. Käppi und Bärtige müssen wohl oder übel zusammenarbeiten. All dies natürlich mit Marx, Guevara, Frantz Fanon, Gramsci gepfeffert ...
Die zweite Tendenz folgt lautstark: Kamel und Fouad machen ihn darauf aufmerksam, dass sogar in den Statuten des FIS schwarz auf weiß geschrieben steht, dass die Demokratie gottlos ist und dass, wenn sie dann erst an der Macht sind, es zu Ende ist mit Parteien, Bier und Rosen. Die Frauen werden verschleiert, totale ethische Säuberung. Keine Demokratie für die Feinde der Demokratie, der Fundamentalismus wird nicht durchkommen!
Die Sätze dröhnen in Moussas Ohren, der in seiner Ecke nichts von der Diskussion verpasst und eher die zweite Meinung teilt.
- Der Fundamentalismus, im Ernst?
Krimo korrigiert:
- Keine Vermischung, ich versuche nur zu analysieren, ich bin nicht für den Fundamentalismus, hört mal! Aber man muss zugeben, dass das ein echter Widerspruch ist ... du legalisierst sie, und dann? Wenn sie die Wahlen gewinnen, was machst du? Annullierst du sie? Spielst du ihr Spiel?

Kamel, sehr unaufrichtig:
- In dieser Debatte hat die Vernunft keinen Platz. Das ist es, wo du dich irrst. Die Demokratie ist sogar in Gefahr, das Land kann den Bach runter gehen. Man darf nicht zu viel diskutieren, es muss rasch gehandelt werden, sie wie Wanzen zerquetschen.
Moussa ist stillschweigend damit einverstanden, ja, sie wie Wanzen zerquetschen, er bestellt eine weitere Kiste Bier.
Das Bier trägt dazu bei, dass sich die Gemüter erhitzen, die Diskussion gelangt in sumpfige Bereiche. Ich habe die Sekretärin gefickt, ich habe es der Redaktions-Sekretärin im WC besorgt, irgendeiner hat sich von der Präsidentin einer Frauenvereinigung im Auto einen blasen lassen. Moussa kommt nicht mehr ganz mit, er sieht, dass jeder schon fünfzehn bis zwanzig Biere intus hat, er denkt an seinen Artikel, das Interview, er hat ein gutes Foto von sich mitgebracht, von Rachid gemacht und bearbeitet.
Algérie Actualité, die größte Wochenzeitung Algeriens, mit einem Artikel darin, da hebst du sofort ab. Wenn man bedenkt, wie viele Dummköpfe schon ein Interview bekommen haben, mit Foto und allem Drum und Dran …
Gegen 20 Uhr erheben sich Fouad und Krimo, sie müssen gehen, Pfoten werden geschüttelt, sehr erfreut, bis bald, Moussa ist jetzt mit Kamel allein.
Stark beschwipst versucht dieser, seine Zigarettenschachtel zu fassen, lässt sie aber auf den Boden fallen, Moussa hebt sie für ihn auf, no problem.
Kamel, mit schwerer Zunge:
- Danke, ähm.. nun zu uns zwei … entschuldige … das sind Freunde …
- Oh, macht gar nichts, ich verstehe schon.

- Also gut, du bist ein moderner kabylischer Sänger? Es hat mir sehr gefallen an dem Abend bei der Hochzeit, dein Konzert. Ja, Hut ab, diese Energie, was? Ein wenig wie Takfarinas.
Moussa hasst es, mit Takfarinas verglichen zu werden. Ok, zugegeben, er ist einer der Großen, er ist ein Star. Aber er, Moussa, das ist nicht dasselbe. Das ist etwas ganz anderes, Prince, Michael Jackson, versuch das denen zu erklären ...
- Ja, so ungefähr.
Kamel sucht flüchtig nach seinem Füller, Moussa reicht ihm seinen. Kamel, besoffen, lässt ihn fallen:
- Oh, entschuldige, ich ...
Moussa hebt ihn auf und streckt ihn ihm hin. Mühselig sucht Kamel nach Papier, er zieht aus seiner Brieftasche ein zweimal gefaltetes Papier mit Eselsohren. Eine alte Vorladung der Stadtverwaltung, die andere Seite ist leer, wird schon gehen. Er legt das Blatt vor sich hin, Alkohol ausschwitzend:
- So ist es gut. Es ist alles in meinem Kopf, mach dir keine Sorgen, ich arbeite immer so.
Das Interview beginnt mehr recht als schlecht. Moussa erzählt von seinen Anfängen in den Räumlichkeiten der FLN-Jugend im Jahr 1977, Kulturkreise natürlich unter den Fittichen des FLN, das Logo mit zwei Weizenähren, einem Traktor, einem Kompass und einem Bolzen.
Dann die Hochzeiten, die Empfänge, er erzählt von seinen ersten Karriereschritten, der Beeinflussung durch den großen Akli Yahiaten, Idir, Enrico Macias, El Anka. Er spürt, wie Rachid ihm alles, was er sagen muss, einflüstert: Look, Promotion, Image. Er lässt extra Jimi Hendrix und die Beat-

les einfließen, erklärt kurz, weshalb sein Name, Moussa Massy, sein Konzept.
Währenddessen schreibt Kamel auf, streicht durch, kritzelt auf der Seite etwas hin, es sieht unleserlich aus, wie die Handschrift eines Arztes.
Moussa schnappt sich den Kellner und stellt eine weitere Kiste Bier hin, diesem Scheißkerl Kamel Hamidi das Hirn wegfressen. Er legt los, breitet ausführlich seine Ambitionen aus, sechs, sieben Biere, das tut gut, sein Mundwerk läuft wie geschmiert.
Alles kommt da rein: der Nationalismus, die Krise, die kaputten Jugendlichen, der Islamismus, die Satellitenschüsseln, alles, was ihm Rachid jedes Mal sagt, eine neue Musik zwischen Algerien und dem Planeten schaffen, die eins sein wird mit allem.
Ein ausgezeichneter Satz von Rachid: „Das Universale ist das Lokale ohne Mauern", von Platon, glaube ich.
Eine falsche Bewegung, Kamel kippt sein Bier über das Blatt, Moussa stürzt sich darauf, das Interview abtrocknen, verdammt!
Kamel, ganz der Typ, der alles unter Kontrolle hat:
- Da ist nichts, mach dir nichts draus, ich kann alles entziffern, komm, mach weiter.
Das Interview dauert noch bis 23 Uhr. Kamel faltet das Blatt zweimal und lässt es in die Tasche seiner Jeans gleiten. Während er Moussas Füller in die Hemdtasche steckt, sagt er ihm, dass der Artikel in der Ausgabe am Ende des Monats erscheinen wird, das heißt also in zwei Wochen.
Erst mal alleine, tanzt Moussa vor Freude auf der Straße: Ein Interview in der *Algérie Actualité.*

Donnerwetter, das ist der Ruhm! Zudem trifft das genau mit dem Erscheinen der Poster von Rachid zusammen.
Geschafft, jetzt geht's los.
Ich wusste es von Anfang an, 1977, kurz nach der Armee, im Jugendtreff. FLN vom Bezirk *Champ de Manoeuvres*. Da war dieser Jüngling, Amerikanerfresse, lange glatte Haare wie Seide, er spielte sehr gut Gitarre, sang ausgezeichnet Beatles-Songs, hatte mich zu *Hoola Hoop* von El Hasnaoui auf der Gitarre begleitet.
Und, was hatte er zu mir gesagt, dieser Jüngling? Er hatte gesagt: Moussa, du wirst es weit bringen, du bist ein richtiger Star. Was wohl aus dem geworden ist? Habe ihn nie mehr gesehen, ist wahrscheinlich abgehauen, ist schon über zehn Jahre her. Wie schnell das geht …

Moussa hat wie ein Irrer auf die Woche gewartet, in der der Artikel erscheinen soll, er hat mit allen Kumpeln und mit der Familie telefoniert.
Algérie Actualité erscheint jeweils am Donnerstagmorgen fürs Wochenende. Den Vorabend hat Moussa mit Rauchen, Trinken und Fantasieren bei Rachid verbracht. Rachid hat ihm gesagt, dass er eine Pressemappe machen werde, zwei Artikel sind schon mal nicht schlecht, am Look arbeiten, an der Aufmachung.
Dann hing Moussa draußen rum, eine Kippe nach der anderen rauchend, auf den Morgen warten, um 6 Uhr morgens öffnen die Zeitungskioske.
Die Kehle zugeschnürt vor lauter unterdrücktem Stolz, ist er beim Kiosk der Siedlung aufgekreuzt. Donnerwetter, die ganze Siedlung wird meine Fresse sehen …

Eine Zeitung, das sind über 100.000 Exemplare, das deckt das ganze Land ab. Dann zählst du noch die Botschaften dazu, die Konsulate im Ausland … Du wirst 100.000 Mal du.
Der alte Salem hat seinen Kiosk geöffnet, kleiner schwarzer Kaffee, Zigarette im Schnabel, immer dunkler Tabak, ohne Filter. Moussa macht ein unauffälliges Gesicht und nähert sich dem Kiosk, der alte Salem ist in eine Zeitung vertieft.
Sobald er ihn sieht, erhellen sich seine Gesichtszüge:
- He, sag mal, bist du das in der Zeitung, dein Foto und alles? Drück mir die Hand, ich bin stolz auf dich, mein Kleiner. Moussa MASSY, schau, da ist es …
Er zeigt ihm Seite 2 der *Algérie Actualité,* Moussa sieht den Artikel sofort, eine gute halbe Seite, mit Foto oben rechts:
- Oh, das ist nichts, man macht, was man kann, Onkel Salem.
Der Alte, sehr zufrieden:
- Oh nein, das ist nicht Nichts, dein Foto in der Zeitung, bist du dir dessen bewusst? In der Zeitung? Du bist ein wichtiger Mann, Moussa.
Moussa, den Zeigefinger zum Himmel gerichtet:
- Der wichtige Mann ist Er, Onkel Salem, wir, wir machen, was wir können. Komm, gib mir zehn Zeitungen, ich brauche die, weißt du, die Beziehungen, die Arbeit.
Mit den zehn Exemplaren unter dem Arm stürzt er auf seinen Wohnblock zu. Kurz vor 7 Uhr, Papa, Mutter, Oma, Zhor, Saliha, Mohand, Kahina, Ouardia, Nacéra und die Knirpse müssen beim Frühstück sein, der richtige Moment.
Fast fliegend nimmt er die fünf Stockwerke und öffnet die Tür seines Zuhauses. Sie sind alle im Wohnzimmer, Milchkaffee und geschmierte Brötchen unter dem Schweigen des Vaters. Atemlos rennt Moussa zu ihnen, alle merken, dass

etwas nicht normal ist. Normalerweise streicht er an den Wänden entlang und verschwindet direkt in seinem Zimmer. Jetzt stellt er sich breit lächelnd vor sie, sagt ihnen guten Tag und wirft die Zeitungen auf den Tisch:

- Seite 2.

Die Schwestern stürzen sich auf den Artikel und rutschen auf den Stühlen herum, Oma hält die Zeitung verkehrt herum, dann dreht sie sie, bis sie das Foto richtig sieht. Völlige Überraschung, Kommentare, Freude, Mama ist ganz stolz, sie wischt sich verstohlen eine Träne weg. Bloß Papa sagt nichts, er nimmt den Artikel unter die Lupe, schnüffelt überall darin herum, kann es jedenfalls noch nicht glauben. Er setzt seine Brille auf und betrachtet das Foto, dann Moussa, er vergleicht kopfschüttelnd, er misstraut lieber zweimal als einmal.

Moussa will noch nicht lesen, nein, er will allein sein. Er geht in sein Zimmer, Sahnoun und Slimane schlafen noch, es gibt ein wenig Licht. Moussa hat eine Tasse mitgenommen, er lehnt sich an die Wand, zündet eine Marlboro an und bereitet sich auf das Genießen des Artikels vor.

Er schaut die Titelseite der Zeitung nicht an: „Kommunalwahlen am 12. Juni, der FIS ruft zur Wahl Gottes auf.“ Moussa sucht sofort seine Seite, die Seite 2, fettgedruckter Titel: „Moussa MASSY, die junge Hoffnung des kabylischen Chansons.“

Nicht schlecht, das Foto, ein bisschen verkleinert, aber es geht. Hübscher Junge, gegeltes Haar, nach hinten gekämmt, Seidenhemd, Berber-Weste.

Unter dem Foto fettgedruckt eine Bildunterschrift: „Auf Takfarinas Bahn“, verdammt, schon wieder Takfarinas ... die haben nur den im Kopf, mein Wort ...

Er überfliegt rasch den Artikel ... „beginnt bei der FLN-Jugend ... singt die traditionellen Werte der Djurdjura“ ... Aber das habe ich doch nie gesagt! „... sieht die nationale Kultur als dynamische Verbindung“ ... Nichts verstanden, muss das mit Raschid anschauen.
Er liest den Artikel viermal hintereinander, merkt sich die Schlüsselwörter: „vielversprechende Zukunft ... Vorbild für die Jungen ... gute Bühnenleistung ...“
Lautes Gähnen, Moussa kann nicht mehr, er legt die Zeitungen aufs Regal und fällt wie tot um.

14 Uhr, Fella hat ihn soeben geweckt, Telefon, es ist Rachid. Er öffnet die Augen, ist noch müde, aber selig. Er fühlt sich als neuer Typ, der Artikel, den Blicken standhalten, aber das ist der Ruhm.
Sahnoun und Slimane sind in den Artikel vertieft, jeder in sein Exemplar. Ohne ein Wort zeigt ihm Sahnoun kopfnickend den Artikel, überaus glücklich. Slimane ist zurückhaltender, er fährt mit Lesen fort und streichelt dabei sein Spitzbärtchen.
Moussa nimmt im Korridor das Telefon, Rachid hat auch fünfzehn Exemplare gekauft. Außer sich vor Freude schlägt er ihm vor, zu ihm zu kommen, Karrierestrategie, Promotion, Look. Das ist nach Moussas Geschmack.
Eine Stunde später ist er bei Rachid, mit einem Heineken und einem Joint in der Hand, stellt Rachid seine Freude zur Schau:
- Endlich, Mensch, wissen sie dich zu schätzen, spät genug!
- Ja, aber hast du gesehen, sie haben Fehler gemacht und dann gibt’s da Dinge, die ich nicht gerafft habe.
Rachid, mit der Zeitung in der Hand, cool:

- Mach dir nichts draus, das ist ein Idiot, dieser Journalist, FLN-Gesinnung, ich kenne die Sorte. Das Wichtige ist der Artikel, 100.000 Exemplare, bist du dir dessen bewusst! 100.000 Typen werden dein Foto anschauen, das ist wie ein Konzert vor 100.000 Personen …
- Ja, du hast Recht, das ist …
Rachid legt die Zeitung auf den Tisch:
- Ich werde den Artikel ausschneiden und vergrößern. Wir müssen für das Poster einen Ausschnitt machen, bloß einen Satz für das Banner, das wird gut. Nachher müssen wir es überall aufhängen, an wichtigen Orten, bei der Buchhandlung Vincent, im Kunstzentrum, in den Unis, ja, das wird laufen, da bin ich mir sicher.
Moussa hört zu und betrachtet seinen verkehrt herum liegenden Artikel auf dem Tisch. Rachid erklärt ihm die glanzlosen Stellen im Artikel, die Anspielungen, Moussa kneift die Augen zusammen und nickt zustimmend, während er einen Glimmstängel nach dem anderen raucht.

Eine Woche später, am 12. Juni, sind Kommunalwahlen. Heftige und anarchische Auseinandersetzung aller Parteien außer des FFS, der zum Boykott aufgerufen hat.
Die ersten freien Wahlen seit der Unabhängigkeit, Dutzende von Parteien sind in Aktion getreten, die Mauern von Algier quellen von Plakaten über.
Moussa ist selbstverständlich nicht wählen gegangen, er hat sich gesagt, dass die Ergebnisse wie immer gefälscht würden, 99,99 % für die FLN, die legendäre „Kontinuität im Wandel“.

An jenem Abend sitzt die ganze Familie vor dem Fernseher, 20 Uhr, die Wahl. Sichtlich unwohl kündigt die Star-Nachrichtensprecherin an, dass der FIS dreiviertel der Stadtverwaltungen Algeriens erhalten hat, sogar in den begüterten Vierteln, die betuchten Leute waren am Strand. Den detaillierten Resultaten jeder Gemeinde folgt eine lange Totenlitanei, der FIS geht beinahe im ganzen Land als Sieger hervor, bis in die Kabylei.

Die Hydra ist legitimiert.

Moussa beginnt zuerst nervös zu lachen, nein, das darf doch nicht wahr sein … *Sie* werden bestimmt sagen, dass es ein Witz ist, seine Knie zittern.

Der Iran?

Nacéra und Kahina weinen, es ist soweit, wir sind erledigt, sie werden uns bestimmt den Hidjab aufzwingen. Papa schreit nach Ruhe. Slimane jubelt innerlich, Mama stöhnt, ihr Diabetes. Sahnoun ist in seinen Kriminalroman vertieft.

Durch das Fenster hört man riesiges Geschrei aus allen Ecken und Enden der Stadt widerhallen. Moussa geht auf den Balkon und sieht eine dichtgedrängte Menschenmenge, ein beweglicher riesiger schwarzer Ozean. Horden Jugendlicher, zu Tausenden, Bärte, Kamis, der Hysterie ausgeliefert. Den Koran in den Händen, skandieren sie Verse und Parolen: „Scharia sofort, es gibt keinen Gott außer Allah."

Hinter ihnen Knirpse, denen eine Art Chef vorausgeht, barfüßig, Rotz, an Stelle einer Fahne schwenken sie eine zerrissene Plastik-Milchtüte am Ende eines langen Schilfrohrs.

Rundum hupen Autos, Ju-Ju-Rufe, Verkehrsstau. Übereifrig regelt der Ordnungsdienst des FIS den Verkehr. Moussa erkennt Leute: Spartacus, Baïza, Mustapha, den Bruder von

Fatiha. Schau an, sogar Slimane ist unter ihnen, tja Junge! Man sollte ihm die Ohren langziehen, wie es sich gehört.
Moussa will nichts mehr sehen, nichts mehr hören, er kehrt in sein Zimmer zurück, sich beruhigen, plötzlicher Schweißausbruch, aber das ist doch nicht möglich?
Was machen?
Ein kalter Schauer läuft ihm über den Rücken, sein Hirn ist wie eingefroren, seine Glieder klamm, Blutdruckabfall, er dreht sich entnervt im Kreis. Das ist doch nicht möglich? Dann noch besser den FLN behalten …
Mit trockenem Mund geht er in die Küche ein Glas Wasser holen. Die Oma in ihrem kabylischen Kleid in Gelb und starkem Rosa fragt ihn, was los sei.
- Es ist soweit, der FIS hat gewonnen, sie werden uns umlegen.
- Umlegen? Der FIS, was ist das?
Moussa kehrt in sein Zimmer zurück, er betrachtet Michael Jacksons und sein eigenes Poster, nebeneinander, sich beruhigen, ja, zum Teufel mit denen, weiterfahren, schuften, durchhalten, die Musik.

Am darauffolgenden Donnerstag findet in *Frais-Vallon* eine Hochzeit statt. Ende des Nachmittags die übliche Besprechung mit der Band, Ort und Ablauf festlegen.
Djelloul übernimmt den Transport, ein kleiner Lieferwagen für das Material und die Musiker.
Moussa steigt selbstverständlich vorne ein.
Djelloul ist der ständige Fahrer der Gruppe, er kassiert 100 Kröten pro Musiker und verbringt einen schönen Abend. Djelloul hat nie eine eigene Karre gehabt, er fährt immer mit jenen, die er gerade repariert.

Rachid muss kommen, das ist wichtig, wenn Rachid nicht dabei ist, ist es nicht dasselbe.
Nichts vergessen? Nein, einen Satz Saiten für die Mandola, in letzter Minute gefunden, Schwarzmarkt, Bühnenbekleidung sorgfältig ausgewählt, und die Poster. Ja, Rachid hat ihm drei gegeben, die ersten Abzüge. Er hat ihm gesagt, einen gut sichtbar auf einem Displayständer zu platzieren, das Bild geht herum.
Djelloul parkt ein, zieht die Handbremse und stellt den Motor ab. Alle steigen aus. Viele Leute, schlecht geparkte Karren, Kinder. Sie werden in eine Art Garderobe eingelassen, Hocker, Parfums, Gebäck.
Auf einem kleinen Tisch Muslim-Whisky, das heißt in einem Teekrug, Joints werden gedreht, am Whisky genippt, die Schuhe werden geputzt und die Instrumente gestimmt.
Rachid diskutiert mit Moussa, der sich vor einem großen Spiegel bereit macht. Er erzählt ihm von einem Video-Clip, den er auf MTV gesehen hat und macht ihm Vorschläge für seinen Look. Moussa fühlt sich gut in Rachids Anwesenheit. Rachid, ja, der ist vernünftig.
Moussa, hinreißend in seinem grünen Anzug mit Pailletten, schwarzer Lederkrawatte, kräftiges Parfum, gibt der Band die letzten Anweisungen, die Reihenfolge der Lieder. Letztes Zurechtrücken der Fliege, alle sind tadellos.
Soundcheck und los geht's. Zu Beginn angespannte Stimmung, verkrampftes Publikum, die Wahlen, der Schatten des FIS?
Seine ganze Wut in der Mandola, geht Moussa drauflos, keine Einleitung, vorwärts!
Vom ersten Stück an der absolute Wahnsinn, Frauen und Männer stürzen sich auf die Bühne. Moussa verausgabt sich

völlig, er versucht verschiedene Stimmlagen, verschiedene Bühnenspiele.
Beim vierten Stück: Hendrix. Er spielt, die Mandola hinter seinem Hals, auf den Knien, das Publikum jubelt Beifall klatschend.
Dann die Pause, Moussa ist vor dem Spiegel, überprüft den Kajal, die Zähne, die Krawatte, das Make-up. Von ringsum wird er beglückwünscht, das war außergewöhnlich, danke.
Der Bräutigam, in Smoking und weißem Burnus über der Schulter, bedankt sich persönlich bei ihm. Moussa wünscht ihm Glück und viele Kinder.
Im Spiegel schaut sich Moussa in die Augen, er sieht weit, sehr weit hinten ein kleines grünes Licht am Ende des Tunnels. Etwas wie der sichere und vorzeitige Geschmack des Ruhms. Er ist ganz woanders.
Übrigens, wo ist der Joint? Der Bassist hat ihn. Moussa:
- Hey, reich ihn mal weiter.
Endlich gibt ihm der Bassist den Joint, Moussa nimmt zwei Züge, überlässt ihn dann Rachid und gibt der Band das Zeichen zum Weitermachen.
Er beginnt mit einer sanften Ballade, einem alten Wiegenlied über Mütter, die von ihren Babys getrennt wurden. Leise spielend, sanfte Zimbeltöne, ein schwacher Synthesizer im Hintergrund, das ist alles. Moussa singt in einer mittleren Stimmlage, mit leichter Stimme, zu Tränen rührend.
Völlige Ergriffenheit im Publikum, alle Mütter greifen zu den Taschentüchern, man hört Ju-ju-Rufe von den Rängen, Moussa hat Gänsehaut.
Am Ende des Liedes kommen alte Frauen auf die Bühne und küssen ihn, wünschen ihm ein langes Leben, Glück und Gesundheit. Weiter geht's mit ernsthafteren Dingen, drei,

vier, er gibt das Zeichen. *Ayadho,* eine schöne Melodie, kräftiger und wehmütiger Refrain. Es läuft gut, Moussa überwacht den Bassisten, die Takte, er fordert das Publikum zum Mitklatschen auf.
Der zweite Teil verläuft besser, das heißt, die Verstärkeranlage ist besser eingestellt. Moussa bändigt das Publikum, herrscht auf der Bühne, spielt mit dem Mikrofon, spielt all seine Trümpfe aus. Die Party dauert bis zum frühen Morgen, die Sonne steht schon hoch, Moussa ist müde, aber erfüllt, er fühlt sich ungezwungen, das tut gut.
Zwei Wochen später sind alle Poster gedruckt, Rachid hat sie selber mit dem Auto geholt. Moussa sitzt wie auf glühenden Kohlen, Verabredung mit Rachid um 17 Uhr. Er hat ihm zur Feier des Tages Shit versprochen.
Kein Problem, in Flip-Flops geht er hinunter und ruft vom Vorbau des Gebäudes den erstbesten, aber wirklich den allerersten Bengel herbei und beauftragt ihn, für 200 Kröten Shit zu besorgen.
Spartacus, an die Mauer gelehnt, mit Bart und Kamis, hat zugehört und nähert sich nun Moussa:
- Mein Bruder, du suchst Shit? Hör zu, Dahmane wurde von den Bullen geschnappt, aber sie haben den Shit nicht gefunden, seine Frau hat ihn versteckt. Nun ist sie dabei, ihn zu verkaufen, um ihm einen Anwalt zu bezahlen. Wenn du in Gottes Namen ein gutes Werk tun willst, sie hat drei Kinder und ist alleine …
Moussa, als wohltätige Seele, kauft für 400 Kröten. Sein Spitzbärtchen flechtend, rennt Spartacus los, um ihm die Ware zu holen.
Als Moussa bei Rachid eintrifft, fühlt er sich vervielfacht: 500 Poster, kannst du dir das vorstellen?

Moussa hat sie überall im Wohnzimmer verteilt, Moussa MASSY, Moussa MASSY, Moussa MASSY, überall.
- Nimm etwa 50 für dich, deine Freunde, Galavorstellungen, Feste. Den Rest behalten wir für den Tag, an dem du eine Kassette herausbringst, wir machen dann ein Banner drauf. Übrigens, wir brauchen einen Album-Titel, hast du schon daran gedacht?
Moussa, ganz zappelig:
- Ich habe an *Zombretto* gedacht. Weißt du, die Jungen sind alle voll drauf auf Zombretto, das ist das Nuckel-Fläschchen der Jungen, das spricht von ihrer Welt, ihrem Elend.
- Perfekt, ja, *Zombretto,* das ist tierisch gut. OK, den nehmen wir. „*Zombretto,* ein Album von Moussa MASSY!" Ja, zudem klingt nach Salsa, super.
Nach zwei Joints, einem Bier, noch rasch der Aktionsplan, Rachid macht Notizen, schließt seinen Computer an, ja, die Technologie. Programm, Datei, geschafft. Moussa staunt über den Computer, die Maus, das ist ein ganz anderer Planet. Rachid macht Projektionen, Simulationen, klickt auf die Maus. Moussa sieht seinen Namen auf dem Bildschirm erscheinen, ist denn das die NASA?
Donnerwetter, muss das Ding gut beherrschen ...
Der Plan ist letztlich gemacht, Rachid hat an alles gedacht, die Verteilung, die Orte für den Aushang.

Moussa hat Spartacus drei Poster gegeben, um sie in der Siedlung aufzuhängen. Bei Bouhar, dem Bäcker, vor der Bushaltestelle und an der Wand seines Wohnhauses.
Djelloul wollte unbedingt eines für seine Werkstatt, Kahina eines für den Supermarkt und Saliha, ja sogar Saliha wollte eines für ihr Gymnasium.

Moussa hat vier im Zimmer aufgehängt und eines auf den Karton-Verkaufsständer geklebt. Das sieht professioneller aus, man kann jetzt ein bisschen von Karriere zu reden beginnen, ein klein bisschen.

Übrigens, von nun an wird er für Hochzeiten mehr verlangen müssen.

Ach, endlich kommt es langsam. Langsam, langsam, noch nicht ganz so, wie es muss, aber es kommt.

Moussa weiß in seinem Innersten, dass es noch nicht genau so ist, wie es sein sollte, er weiß sehr genau, dass noch mehr nötig ist, viel mehr. Das Fernsehen, große Konzerte in der *Coupole* oder in *Ryadh El Feth*, auf der Esplanade, ja, 50.000 Personen mit einer Verstärkeranlage von mindestens 60.000 Watt, da hebst du dann wirklich ab.

Und dann das Beste vom Besten natürlich: Aufnahmen in einem Studio, eine Kassette herausgeben wie alle andern, ja, sich nicht zufrieden geben, nach den Sternen greifen.

II

Das *Tantonville*, neben der alten Oper von Algier, ist das Kaffeehaus der Musiker, Tänzerinnen, der Leute aus dem Showbusiness, aus Discos, Nachtclubs, von Hochzeiten. Moussa ist langsam bekannt dort, da spielt sich alles ab. Er kommt einmal pro Monat da hin, sich zeigen ist angesagt, man kann ja nie wissen.
Rachid mag es nicht sehr. Das *Tantonville*, diese wilde Fauna, das Milieu der orientalischen Musik, der Haie aus tiefen Gewässern, der Nachtgestalten, des Schwarzhandels, der Prostituierten und Schlägereien.
Eine große Terrasse dehnt sich gegenüber dem Platz *Port-Saïd* aus. Das *Tantonville* beherbergt allerlei: Dealer, Zuhälter, illegale Taxis, Taschendiebe, alles lebt rund um die Musik, ums Showbusiness. Schau an, sogar Bouras, der Zauberkünstler, mit seiner Mieze, der Assistentin Nadia, einer künstlichen Blondine, die schon jeder Disco-Stammkunde mal genagelt hat.
Moussa kommt gerne hier hin, nur gelegentlich, sich rar machen ist wichtig. Bloß um sich die neuen Gesichter anzusehen, wie die Dinge stehen, wer spielt mit wem, Musikausrüstung zu verkaufen, das Terrain sondieren.
Er setzt sich an einen Tisch mit Musikern, darunter der alte Organist Mahmoud Aziz, ein sehr geachteter Pionier der großen arabischen Musik am Synthesizer. Moussa hört ihn pikante Flunkereien von Discomusikern erzählen.
Plötzlich nähert sich jemand Moussa und bittet ihn um ein Gespräch unter vier Augen. Neugierig steht Moussa auf, seine Antennen auf Empfang, nein, ich kenne den nicht.

Er folgt ihm Richtung Saal, sie setzen sich an die Theke, der Typ ist der Bruder des Bosses einer Disco, *La Chésa* in *Fort-de-l'Eau*:

- Ich war auf der Hochzeit, auf der du das letzte Mal gesungen hast. Also, mein Freund, was für eine Stimme! Ich habe meinem Bruder davon erzählt, er ist einverstanden. Wir wären glücklich, dich jeden Abend unter uns im *La Chésa* zu haben.

Moussa ist verblüfft, eine Disco? Professionell?

Der erste Vertrag seines Lebens, es ist soweit, los geht's. Bloß sich die Freude nicht anmerken lassen, eine andere Miene aufsetzen. Moussa:

- Nun gut ... sagen wir, ich habe momentan noch etwas frei. Warum nicht?

Sie regeln die Einzelheiten, fang morgen an, wenn du willst, ok, einverstanden, wie viel? 200 Kröten pro Abend plus Trinkgeld, das macht 500, wenn es dann läuft, sehen wir weiter, einverstanden, einverstanden, ich fange morgen an, kein Problem.

Wie schnell sich das Leben doch ändern kann ...

Moussa organisiert das Geschäftliche, Musiker, Material, er informiert Rachid, der vor Freude in die Luft springt, Poster, Look, Karriere, es ist soweit, mein Schatz, diesmal geht's richtig los.

Am darauffolgenden Tag, am Tag X, 20 Uhr 30, fährt der R5, den Djelloul gerade repariert, durch *Fort-de-l'Eau*, dreht leicht nach links ab und parkt vor dem Eingang des *La Chésa*, die Nacht ist schön, die Wagentüren öffnen sich.

In einem weißen Leinenanzug, weißen Mokassins mit Quaste, rosa Seidenhemd und mit *Fabergé* getränkt, gibt sich

Moussa Massy die Ehre auszusteigen. Eingeschüchtert steigen seine Musiker aus und scharen sich um ihn.
Das erste Mal, dass sie in einer Disco spielen werden.
Eine Camel zwischen den Lippen, faltet Moussa sein fuchsia-farbenes Einstecktuch, rückt die Schlangenleder-Krawatte zurecht, entfernt ein Stäubchen vom Kragen seines Jacketts und lächelt ihnen zu, während er das rostige Schild betrachtet. *La Chésa*, in fahler Neonschrift auf einer Art springender Gazelle geschrieben. Dahinter hört man die Wellen auf die Felsen aufschlagen, der Mond scheint sanft.
Eingangskontrolle beim Rausschmeißer Merzak, der ihnen die Garderobe zeigt. Der Discjockey kommt und erklärt ihnen das Set-up: Mikrofone, Pause, Zeitplan, Tänzerinnen, Musikprogramm. Moussa hört zu, schaut wie ein erfahrener Hai, tut so, als ob ihm das alles vertraut wäre.
Freude zeigen ist strengstens verboten.
Moussa beruhigt seine Musiker, kein Problem, alles läuft wie geschmiert.
Vom Korridor her ertönt Musik, die westliche Band hat begonnen, Bossa Novas, Boleros, nicht schlecht, Kontakt mit ihnen aufnehmen. Moussa und seine Band sind als Dritte, nach der orientalischen Band, vorgesehen.
Moussa tritt aus der Garderobe, einen Blick in den Saal werfen, posieren. Es gibt ein paar Kunden an der Bar, es riecht nach Amber und Reinigungsmittel, es ist erst früher Abend.
Moussa lehnt in einer Ecke der Bar, um zu posieren, er betrachtet die Band, gute Musiker, vor allem der Gitarrist, Quecksilber in den Fingern, der würde Rachid gefallen, da bin ich mir sicher, er muss am Donnerstag mit Lynd vorbeikommen.

Der Saal füllt sich nach und nach, reservierte Tische mit der obligatorischen Flasche Scotch, Animiermädchen stehen schon bereit. Jazzige Titelmelodie, die Musiker hören auf, jetzt ist die orientalische Band an der Reihe. Geigen, Darbuka, Tamburin und Orgel in voller Lautstärke. Es ist sehr laut und sehr schrill. Moussa kann nicht mehr, er geht in die Garderobe zurück, die Kumpel sind dort, Witze, Joints.

Kräftiger Parfumduft, eine Tänzerin betritt die Garderobe, ein Nachtschätzchen, beschwipst, sehr jung und schon vom Gewerbe gezeichnet. Sie ist schön, mega-kurzes Kleid, Netzstrümpfe, Lippen zum anknabbern. Salut, sie heißt Warda, sie stellen sich vor, Moussa sieht ihren Blick, habe alles gesehen, die ziehe ich mir nicht rein.

Plötzlich zieht sie ihr Kleid und ihren Slip aus, eine von Whisky, Tränen und Zigaretten raue Stimme:

- Habt ihr alle schon mal eine nackte Frau gesehen? Schaut her, wie schön eine Frau ist! Ah, ich ficke die ganze Welt mit meinem Schwanz!

Sie schwenkt ihren Arm wie einen Phallus, den Ellbogen in die Schamgegend gestützt. Alle reißen Mund und Augen auf, Moussa schaut sie an, alle schauen sie an. Warda entkleidet sich nun vollständig, ihre Brüste entblößt, streichelt sie ihren Unterleib und lacht. Dann schlüpft sie in ihren Tanzdress, Slip und Perlenbustier, durchsichtiger Schleier, Diadem, Kupfer-Kastagnetten. Einen Kuss auf die Fingerspitzen hauchend verschwindet sie.

Moussa nimmt alles auf, prägt sich alles ein, das Metier ...

Eine halbe Stunde später kommt der Discjockey auf sie zu:

- Kommt, ihr seid dran.

Moussa überprüft seine Krawatte, letzter Blick in den Spiegel, macht Mut, kommt Jungs, wir gehen.

Grelle Scheinwerfer, viele Leute, Moussa stellt die Höhe seines Mikrofons ein, es wird angeschlossen und getestet, drei, vier, vorwärts!
Zu Beginn ist der Ton scheußlich, kein Rücklauf, überall pfeift es, Moussa hört nichts. Trotzdem stürzen sich die Leute auf die Tanzfläche.
Beim zweiten Stück ärgert sich Moussa, fordert den Bassisten auf, lauter und den Schlagzeuger kräftiger zu spielen, vorwärts!
Das vierte Stück ist der Degenstoß, der berühmte Hit von Takfarinas, *Way Telha*. Er knöpft seine Krawatte auf. Bei den ersten Tönen erkennt es das Publikum schon, es explodiert. Moussa geht auf die Knie, der Bombenerfolg, der Höhepunkt. Er singt manchmal beinahe hinduistisch. Noch und noch, er wirft sein Jackett weg, öffnet sein Hemd, wiederholt den Refrain, dann hebt er den Arm in die Höhe, das Finale, die Tötung: Snare-Drum-Wirbel, der Schlagzeuger hat es kapiert, drei, vier, fünf Beckenschläge, mit ihm synchron und Moussa springt in die Höhe, das war der Schluss, Ruhe.
Standing Ovations, eine Seltenheit in Nachtclubs.
Der Discjockey kündigt Cheb Krimo, die junge Hoffnung des Raï, an.
Erschöpft steigt Moussa von der Bühne, überhäuft von Lob. Ein Typ um die 40, Grossist in Plastikwannen, lädt ihn an seinen Tisch ein. Er ist da mit zwei Prostituierten und einem anderen Typ, einem Zöllner. Moussa wird beglückwünscht, die Prostituierten kichern. Sie sind bereits bei ihrer zweiten Flasche Whisky, 2.000 Kröten die Flasche. Nach einer Weile langweilt sich Moussa, klebrige Konversation, Schwarzhandel, Geld, waschechte Emporkömmlinge, grau-violett.

Der Raï-Sänger singt falsch, Moussa hört das. Eine der Prostituierten macht ihm schöne Augen, sie ist sehr jung, keine zwanzig Jahre alt.

Im Saal herrscht jetzt Gedränge. Die Tische sind umringt von Leuten, Betrügern mit Turbanen, Knastbrüdern, Moussa beobachtet. Entnervt erfindet er einen Vorwand, um sich in die Garderobe davon zu machen.

Der Discjockey erwischt ihn im Vorbeigehen und lädt ihn zu einem doppelten Whisky in den Regieraum ein. Moussa willigt ein, betrachtet das Mischpult, rote und grüne Lämpchen. Der DJ erzählt ihm von den großartigen Zeiten des *La Chésa* von einst, die Belle Epoque von *Salah Skikdi*, von anderen Discos, *La Houle*, *Le Santa Monica*, *Le Solitaire* …

Er zählt ihm die Animiermädchen auf, Samia Lavabo, Fatiha Rasierklinge, Nadia Belmondo. Die Tunten auch, Ramsès, Suzanne.

Benebelnder Parfumduft, ein Animiermädchen, sehr stark geschminkt, künstliche Blondine, kommt in den Regieraum. Sie bringt dem DJ ein randvoll gefülltes Glas Whisky. Pro Flasche bezahlt, schröpfen sie die Kunden, indem sie tun, als ob sie die großen Gläser austrinken würden, die sie anschließend unauffällig ihren Kollegen bringen. Zehn Prozent pro Flasche, den Konsum ankurbeln, zum Trinken animieren, komm schon, Liebling, ich sterbe vor Durst, etwas zu Trinken für die Schöne.

Das Animiermädchen räkelt sich auf den Knien des DJs, Moussa nutzt die Situation aus, um sich davon zu machen.

Auf der Treppe, die zu den Garderoben führt, wird er von Merzak, dem Rausschmeißer, 120 Kilo, angerempelt, der einen Klienten am Hals hinunterschleift. Er wirft ihn brutal die Treppe hinunter. Dann schlägt er ihn mit Fausthieben zu-

sammen, hebt ihn zwischendurch hoch, um besser zu treffen. Mit einem gewaltigen Kopfstoß in die Stirn erledigt er ihn, der andere verliert das Bewusstsein, die Augenbraue aufgeschlagen, der Mund blutig.
Moussa ist in Angst und Schrecken versetzt, es ist das erste Mal, dass er so etwas sieht. Merzak wischt sich den Ärmel seiner Jacke ab, steigt die Treppe wieder hinauf und klopft Moussa auf die Schulter:
- Komm schon, geh in deine Garderobe zurück, du hast nichts gesehen, ist schon gut ...
Moussa hat Lust sich zu übergeben, er erreicht die Garderobe, die zum Bersten voll ist. Die Typen von der westlichen Band drehen Joints mit seinen Musikern, Djelloul hat ein Auge auf sie. Moussa nimmt einen Joint, Rabah, der quecksilbrige Gitarrist, kommt auf ihn zu:
- Bravo, du singst super gut. Und zudem nicht zu vergleichen mit Takfarinas!
Endlich einer, der es kapiert, Moussa schenkt ihm sein schönstes Lächeln.
Gegen 5 Uhr sind alle total zugedröhnt, die Disco schließt, die Musiker treffen sich im *Terminus* zu Milchkaffee und Sandwichs. Moussa mag Rabah, den Sohn einer begüterten Familie, er hat Humor, ein richtiger Bursche aus Algier, ganz einfach ein Normaler.
Danach folgt die Routine, jeden Abend in dem *La Chésa*, außer samstags, dem Ruhetag.
Es ist jetzt richtig Sommer geworden, Mitte Juli, Gluthitze, pausenlos zirpende Grillen.
An einem Samstag beschließt Moussa, mit Djelloul im Lieferwagen an den Strand zu fahren. Bahamas-Badehose, *Ambre Solaire*, Madonna-Strandtuch, Sonnenbrille, Sonnen-

schirm. Posieren, sogar am Strand. Fatiha kann nicht mitkommen an den Strand, ihre Eltern, all das … schade.
Auf der Autobahn, ein wenig frische Luft kann nicht schaden, was für eine Hitze! Mit offenem Hemd liest Moussa ein Stück Zeitung: „Der FIS hat das Tragen von Shorts in allen Gemeinden verboten." Spinnen denn die? Was willst du bei über vierzig Grad im Schatten machen? Windjacken tragen? Angewidert wirft er die Zeitung aus dem Fenster und zündet sich eine Zigarette an. Auf der Höhe des *Clubs des Pins* biegt Djelloul nach rechts ab, gebührenpflichtiger Eintritt, piekfeiner Strand, nicht zu viele Spießer. Der Meergeruch beflügelt Moussa, es ist wahnsinnig voll, schwierig, einen Platz zu finden.
Djelloul macht eine Ecke am Ufer ausfindig, nicht weit von den Felsen entfernt, perfekt. Der Strand ist mit farbigen Sonnenschirmen übersät, ein goldener Streifen mit geöffneten Blumen übersät.
Sie stecken den Sonnenschirm in den Boden, breiten die Strandtücher aus, ziehen sich um und hopp, ein Kopfsprung, ein bisschen kühl zu Beginn. Nachdem er sich geschüttelt hat, versucht Moussa, ins offene Meer hinaus zu schwimmen, das Wasser ist dort sauberer, was für ein Wetter! Ein Paradies.
Er macht den toten Mann, absoluter Frieden, völlige Leere. In der Ferne Kindergeschrei.
Djelloul liegt auf seinem Strandtuch, lässt sich trocknen und liest dabei eine alte Autozeitschrift. Nach einer Viertelstunde kommt Moussa tropfnass aus dem Wasser, fährt sich mit der Hand durch die Haare, zieht sein Armband und seine Goldkette an, schaut man nach ihm? Nein, ist bloß so ein Gefühl.

Am Strand wimmelt es von gebräunten Mädchen, samtenen Schenkeln, prallen Brüsten. Wie alt die wohl sein mögen? Moussa ist unfähig, das Alter eines Mädchens im Badeanzug zu schätzen.
Er geht zu Djelloul unter den Sonnenschirm und nimmt sich einen Kaffee. Radio FM spanisch sendet Sommerhits, Werbung, ja, das ist gut, das schöne Leben. Er betrachtet sich in seinem kleinen Elvis-Presley-Spiegel, Haare nach hinten gekämmt, den Geschmack des Salzes auf der Zunge, er legt sich auf sein Strandtuch.
Daneben zerschneidet eine Familie eine Wassermelone, Kinder spielen Fußball, Scheiße, der Sand ...
Auf dem Bauch liegend spürt Moussa, wie die Sonne brennt. *Ambre Solaire*, das riecht gut, das riecht nach Reichtum, Djelloul reibt ihm damit die Schulter ein.
Bauernkinder, in Lumpen gekleidet, verkaufen zweifelhaft aussehende Krapfen. Warum kommen die gerade hier hin? Die verderben die Landschaft ...
Djelloul ist heimlich in Nacéra, Moussas Schwester, verliebt. Seit Jahren schon, stillschweigend. Moussa hat sehr rasch dessen Beflissenheit seiner Familie gegenüber wahrgenommen. Zuerst Kriminalromane mit Sahnoun austauschen, dann das Auto von Saliha reparieren. Anschließend seine Anwesenheit bei wichtigen Familienanlässen, Beerdigungen, Hochzeiten, Geburten, Djelloul war immer dabei.
Wann habe ich das herausgefunden?
Nun, ich glaube, es war eines Tages, als wir Nacéra zur Uni begleitet hatten. Djelloul war rot wie eine Tomate und sprach kein Wort während der Fahrt. Stimmt schon, mein kleines Schwesterherz sieht süß aus, runde Bäckchen, Lächeln, soviel du willst. Habe es sofort kapiert, aber ich habe mich

da nie eingemischt, oh nein, auf gar keinen Fall, zu delikat diese Geschichten, die sollen ganz alleine damit zurechtkommen. Ich glaube, Nacéra hat es nicht gemerkt, außer sie tut so, als ob, das ist tiefgründig und ... du weißt schon ... bei den Frauen weiß man nie so genau, was sie meinen. Ich frage mich, ob das mit den Beiden gehen könnte, sie haben nicht das gleiche Niveau, ich meine ... Nacéra ist an der Uni, während Djelloul ... ähm, ja, das ist das Leben ... Morgen beginnt wieder der Alltagstrott. Das *La Chésa*, Animiermädchen, Schlägereien, nicht genau so, wie ich es mir vorgestellt habe. Rachid ist vergangenen Donnerstag mit Lynd vorbeigekommen, wie schön Lynd doch ist, sie sieht aus wie die Mädchen aus Dallas. Ich habe ihnen eine Flasche Scotch ausgegeben, 2.000 Kröten, nein, nein, was sein muss, muss sein, das ist ein Muss, nie geizen bei Rachid. Es war das erste Mal, dass Rachid seinen Fuß in ein Nachtlokal gesetzt hat.

Er hat sich gekrümmt vor Lachen, es erinnerte ihn an die alten amerikanischen Filme, die Spelunken der 30er Jahre: die Zuhälter, Prostituierten, die Gogo-Girls, er mochte die westliche Band, vor allem Rabah, den Gitarristen.

Im *La Chésa* gibt es hinter der Bar eine Art winzige Küche für die Leute des Hauses, Sandwichs, Spiegeleier. Während der Pause habe ich Rachid dorthin mitgenommen, zwei Tänzerinnen und Tikechbila, der marokkanische Sänger, waren bereits da. Besoffen und völlig bekifft, wollte sich Tikechbila ein Ei kochen. Als er die Bratpfanne auf das Gas stellen wollte, ließ er das Ei fallen, das auf dem schwarzen Boden voller Dreck, Lachen und Kakerlaken zerbrach. Rachid und ich aßen unsere Hackfleisch-Sandwichs mit Zwiebeln. Wortlos begab sich Tikechbila auf alle viere und leckte

das rohe Ei direkt vom Boden auf. Dann richtete er sich auf, schlug sich auf die Brust und schrie wie ein Gorilla.
Ich legte mein Sandwich auf den Tisch, ein heftiges Bedürfnis, mich zu übergeben, stieg in mir auf, Rachid krümmte sich vor Lachen, er hat das gut wegstecken können, die Erfahrung, wie er sagt, verflixter Rachid.
Moussa kauft einen verdächtigen Krapfen von einem verdächtigen Kind. Schau an, Djelloul kommt zurück, er hat eine Ewigkeit gebraucht, um Eis zu finden. Mit einer Tüte Eis in jeder Hand watet er durch den Sand.
Nicht schlecht, dieses Eis, Moussa leckt, scheint Erdbeere zu sein, oh, tut das gut!
Schau, wenn doch alle ein wenig aufhören würden Mist zu bauen, mit dem FIS, der Politik, dem Schwarzmarkt, all dem, dann wären wir ein normales Land, wie jedes andere, guten Tag, mein Herr, ich danke Ihnen, nach Ihnen, schönen Tag. Anstatt …
Ibn Khaldoun oder ich weiß nicht wer, sagte: Die Araber sind sich einig geworden, sich nie einig zu werden. Tja, er hatte nicht Unrecht, Khaldoun …
17 Uhr, es ist Zeit zu verduften, der Lieferwagen, Koffer packen, der Sonnenschirm, die Strandtücher. Bevor sie in den Lieferwagen steigen, entfernen sie den Sand von den Schuhen, den Kleidern, ziehen sich um und überprüfen ihre Sonnenbräune, es geht, haben gut Farbe bekommen, muss man sagen, Djelloul ist schon von Natur aus sehr braungebrannt.
Auf dem Nachhauseweg, als sie die Küstendörfer durchqueren, betrachtet Moussa die Leute: Kamis, Bärte, FIS-Spruchbänder, Koranverse. Die können nicht mal das Meer genießen, die sollten in der Wüste leben, in Oasen, ja, wie die Beduinen. Das ist es, man sollte denen die Wüste ge-

ben, das wäre perfekt für die, dort könnten sie dann ihren verdammten islamischen Staat errichten und uns endlich in Ruhe lassen.

Es ist heiß, Moussa, mit nacktem Oberkörper, fächelt sich mit dem Strandtuch Luft zu. Außerhalb von *Staouéli* eine Polizeisperre, sie werden angewiesen, rechts anzuhalten. Seltsam.

Ein junger Polizist mit verzerrtem Gesicht und Schweißperlen auf der Stirn:

- Was glaubt ihr, weshalb ich euch wohl anhalte?

Moussa hat keine Ahnung, alles ist in Ordnung, die Lichter, die Papiere ...

- Keine Ahnung, weshalb?

Der Polizist streckt den Kopf durchs Fenster hinein:

- Erregung öffentlichen Ärgernisses. Ist das etwa eine Bekleidung? Stellst du dich öfters nackt vor deinen Schwestern und deiner Mutter zu Schau?

Moussa, ruhig:

- Nein, es ist die Hitze, ich bin gar nicht nackt, ich ... bloß das Hemd ... ich wollte gerade ... Entschuldigen Sie mich, ich ...

- Steigt aus und folgt mir zum Posten.

Cool, ihn bloß nicht verärgern, Moussa knöpft sein Hemd bis zum Hals zu und folgt Djelloul und dem Polizisten, die auf den Posten zusteuern. Düsterer Bereitschaftsraum, Fliegen, Modergeruch, ein dickes, speckiges Register auf dem Tisch, ein mit Kippen überfüllter Aschenbecher, ein verstaubtes Porträt von Chadli an der Wand.

Djelloul und Moussa stehen da, der Polizist kreist um sie, die Hände hinter dem Rücken:

- Was bist du von Beruf?

- Ähm, Sänger, an Hochzeiten, Festen ...
Mit geblähten Nasenflügeln nähert sich ihm der Polizist und mustert ihn aus der Nähe.
- Sänger? Sag mal, ist das Kajal auf deinen Augen? Schminkst du dich womöglich auch noch? Bist du zufällig eine Schwuchtel? Dreckige Bande entarteter ... du bist also Sänger?
Djelloul und Moussa stehen stramm, kühler Schweiß, unauffällig, er ist bewaffnet, man kann nie wissen, Ruhe.
Eine heftige Ohrfeige wirft Moussa zu Boden, der Polizist:
- Antworte gefälligst auf meine Fragen, kleine Schwuchtel!
Moussa, mit blutiger Lippe:
- Ich ... muss doch arbeiten, wir sind vierzehn Leute in einer Dreizimmerwohnung, und ...
Der Polizist versetzt ihm einen Fußtritt an die Schulter und holt seine Knarre hervor. Angesichts der Waffe wird Moussa kreidebleich, plötzlich ist ihm eiskalt.
- Halt die Schnauze, Schwuchtel! Wenn es nach mir ginge, würde ich euch alle wegputzen, Scheißhaufen. Lutsch den Lauf, lutsch ihn, das magst du doch, oder?
Er hält ihm die Pistole vor die Lippen. Moussa, tief verletzt, lutscht weinend den kalten Pistolenlauf.
Der Polizist reißt ihn hoch und schaut ihn genau an, er betrachtet sein Armband, die Goldkette, Moussa spürt seinen übel riechenden Atem an seinen Wangen:
- Du bist sicher schwul oder baggerst die Frauen anständiger Leute an. Ich kenne euch dreckiges Gesindel, kleine Scheißer.
Daraufhin tritt ein anderer Polizist, ein Vorgesetzter, ein:
- Was ist hier los?
Der Polizist:

- Sie haben mir nicht den nötigen Respekt gezollt, Polizistenbeleidigung.
Der Vorgesetzte befragt Moussa, der es nicht wagt, zu widersprechen, er bringt seine Entschuldigungen hervor.
Der Vorgesetzte hat die Schnauze voll, Ende des Tages, Gluthitze:
- Ok, verschwindet schleunigst von hier. Beim nächsten Mal, wenn ihr es den Hütern des Gesetzes an Respekt fehlen lasst …
Djelloul und Moussa nicken. Hämisch lachend lässt sie der Polizist hinausgehen, beim Vorbeigehen richtet er unauffällig den Lauf seiner Pistole auf Moussas Hintern.
Endlich draußen, steigen sie in ihren Lieferwagen und fahren los. Moussa, von Schluchzern geschüttelt, schlägt mit aller Kraft auf das Handschuhfach. Djelloul tröstet ihn, das sind Arschlöcher, Dreckskerle dieses Scheißregimes.

Ist nicht das erste Mal, diese Willkür. Aus diesem Grunde habe ich bei den Aufständen 1988 mitgemacht, mit den Jungen, alles kurz und klein geschlagen, ohne zu wissen warum. Ich habe genau gesehen, wie die Armee in die Menge, auf Kinder, geschossen hat. Vor meinen Augen, dieser kaum vierzehnjährige Knabe, auf einer Kühlerhaube stehend, ich habe einen Soldaten gesehen, wie er mit dem Schnellfeuergewehr auf ihn gezielt hat, das tut weh, Kaliber 12.7, ja, ich habe den kleinen Jungen genau gesehen, wie er in zwei Teile zerrissen wurde, eine lange Salve, eine Gazelle in vollem Flug.

In der Siedlung angekommen, verabschieden sie sich voneinander, Moussa steigt, sich zwischen den Knirpsen hindurch schlängelnd, die fünf Stockwerke hoch.
Im Badezimmer kein Wasser, Kanister, Becken. Er wäscht sich, spült das Salz weg, wischt das Blut ab, seine Lippe ist aufgeplatzt. Scheißland, Ungerechtigkeit, ein einziges Bedürfnis: sich voll laufen lassen, Rachid ist nicht da, schade, er ist in Barcelona bei seiner Tante.
Am nächsten Tag nimmt er ohne besondere Motivation seine Arbeit im *La Chésa* wieder auf, Halsabschneider, hat nichts mit dem zu tun, was ich mir vorstellte, das ist nicht mein Weg, das ist Scheiße. Aber man muss sich, wie Rachid zu sagen pflegt, im Beruf bewähren, durchhalten, voraussehen.
Den Polizisten vergessen, Moussa beginnt schon früh, gegen 18 Uhr, zu trinken, er kommt stockbesoffen auf die Bühne, sieht nichts mehr, das ist perfekt.
An jenem Abend singt er wie ein Gott, vergießt sogar richtige Tränen. Rabah spendet pfeifend Beifall, alle stehen auf, die Leute drängeln sich, stecken Geldscheine in den Kragen seines Hemdes. Als er sein Konzert beendet hat, verzieht er sich in die Garderobe, einen Joint drehen, schweben, nichts mehr sehen.
Warda, die Tänzerin ist unverhohlen in ihn vernarrt, aufpassen mit diesen Frauen, Vipern, Eifersucht, Probleme.
Moussa stellt sich ihren Annäherungsversuchen gegenüber taub.
Am Ende eines Abends nähert sich ihm beim Ausgang der Disco ein Musiker der orientalischen Band. Ihn am Arm festhaltend, gibt er ihm zu verstehen, dass er ihn sprechen will.

Moussa folgt ihm, ein wenig abseits, neben den illegalen Taxis, die sich füllen, Angestellte, Tänzerinnen, Musiker.
Es ist schon Tagesanbruch, blauer Himmel, das Meer gleich rechts davon, heller schimmernder Sand. Plötzlich nimmt der Musiker ein Beil aus seiner Einkaufstasche und stürzt sich auf Moussa:
- Du Schweinehund, ich werde dich zerfetzen, du baggerst meine Frau vor meinen Augen an?
Es ist der Macker von Warda.
Von Panik ergriffen, rettet sich Moussa und versteckt sich hinter den Autos. Alle schauen zu, aber niemand mischt sich ein, Weibergeschichten, besser nicht.
Moussa rutscht aus und fällt zu Boden, der andere schwingt das Beil über seinem Kopf. Plötzlich rennt Djelloul mit einem Mikrofonständer in der Hand herbei. Schreiend knüppelt er den Musiker mit drei heftigen Schlägen nieder. Dann schmeißt er ihn zu Boden und zertrümmert ihm das Gesicht:
- Wirst du ihn nun in Ruhe lassen? Sonst polier ich dir die Fresse, dass dich selbst deine Mutter nicht mehr erkennt!
Der andere, mit verschwollenem Gesicht:
- Ich bring ihn um ... wohin er auch geht, ich bring ihn um!
An diesem herrlichen Junimorgen betrachtet Moussa das Blut des Musikers, das sich mit dem warmen Sand vermischt, rot auf Gold, Möwen zerschneiden die klare Luft.

Ein paar Tage später kauft sich Moussa ein Klappmesser, den Ersten, der sich mir nähert, schlitze ich auf, ganz einfach.
La Chésa, die Routine. Eines Abends fragt jemand nach ihm in der Garderobe. Gut gekleidet, sieht nicht nach der üblichen Kundschaft aus:

- Bravo für dein Konzert. Hör zu, ich arbeite im *Triangle* in *Ryadh El Feth*. Ich bin mit dem künstlerischen Leiter da. Wir möchten mit dir reden.
Das *Triangle*? Das ist die größte Disco Algiers, der Tempel der begüterten Jugendlichen, alle sprechen davon in Algier. Moussa hat noch nie einen Fuß da hineingesetzt, ist nicht sein Milieu.
Rachid, ja, der ist dort Stammkunde, er hat ihm oft davon erzählt.
Moussa folgt dem Mann an einen Tisch, wo bereits zwei Personen sitzen. Sie stellen sich vor, ein Emigrant, anscheinend Tontechniker und der künstlerische Leiter.
Allein an seinem Äußeren spürt Moussa, dass dies ein anderes Niveau ist. Sympathisches Aussehen, lange Haare, weiße Hose, grünes Lacoste-Shirt, Bill, der künstlerische Leiter, lässt Moussa sich rasch wohlfühlen, er bietet ihm einen Drink an.
Moussa spürt Bill sofort. Ruhig, bedächtig, gute Laune, ein Typ von drüben, kein Problem. Aber was haben die in diesem Tingeltangel zu suchen?
Nach und nach wird die Unterhaltung präziser, Bill:
- Dein Konzert ist gut, etwas Neues, nicht zu vergleichen mit Takfarinas ...
Wirklich, das ist schon das zweite Mal, dann gibt es also doch einen lieben Gott ...
- Danke, das freut mich, man macht, was man kann.
- Ja, wirklich sehr originell, dein Look, dein Bühnenspiel. Und dann ... gute Idee, dein Poster am Eingang, das wirkt seriös. Ich mag ehrgeizige Leute. Dein Repertoire kommt gut an, die 50er Jahre, El Hasnaoui und all das. Das hört man nicht oft.

Ihn Rachid vorstellen, die beiden passten perfekt zusammen, von der besten Sorte Algerier.
Wie normalerweise alle normalerweise sein sollten!
Moussa spürt, wie er auflebt, soviel Achtung, echte Aufmerksamkeit:
- Die Leute haben El Hasnaoui vergessen, ich finde, er war seiner Zeit voraus. Lieder wie *L'Aéroport* oder wie Calypsos *Hoola Hoop* in den 50er Jahren, das musste zuerst einer wagen …
- Ganz deiner Meinung. Sag mal, wir sind gerade dabei, im *Triangle* frischen Wind auf die Bühne zu bringen. Ich will etwas Kreatives, etwas Neues, habe die Nase voll von all diesen Beamtenhaien der Musik. Wenn du Interesse hast, könnten wir zusammen schauen, wie das aussehen könnte. Hier, meine Visitenkarte, ruf mich an, du kannst anfangen, wann du willst.
Gerade wenn du denkst, dass alles beschissen läuft, verpasst dir manchmal das Leben eine fröhliche Backpfeife mitten ins Gesicht, schwupps, einfach so.
Das *Triangle*: Nie im Traum hätte Moussa daran geglaubt, das ist so … Und jetzt? Bill, der … eindeutig eine Anstellung … Moussa nimmt die schöne Visitenkarte entgegen, goldene Schrift auf schwarzem Grund:
- Ähm, da bringen Sie mich etwas in Verlegenheit … das … habe ich nicht erwartet, ich werde darüber nachdenken, ich rufe Sie sehr bald an.
Bill beschreibt ihm ein wenig das *Triangle*, Publikum mit einem anderen Niveau, Juwel der Leute, die an der Macht sind. Nebenbei lässt er einfließen, dass der Vertrag nur für ihn und nicht für seine Band gilt. Die Band des *Triangles* ist hervorragend, sie begleitet alle Stars. Bill nennt ein paar

Namen: Abdallah, Hamid, Mahmoud Aziz, die Größen Algiers, die Besten der modernen orientalischen Musik.
Auweia, ein Problem: die Musiker, die Kumpel, wie soll er ihnen das beibringen? Das Haar in der Suppe, Rachid treffen, der ist bestimmt von Barcelona zurück, unauffällig mit Djelloul diskutieren.
Moussa gibt eine weitere Runde aus und verlässt sie, um den zweiten Teil seines Konzerts zu bestreiten. Er fühlt sich, als würde er schweben, vergoldete Wonne, wie auf einer Wolke.
Auf dem Heimweg erzählt Moussa Djelloul alles, fragt ihn, was er davon hält.
Djelloul zerplatzt beinahe vor Freude:
- Das *Triangle*? Donnerwetter, es ist soweit! Du hast es geschafft! Ja, verdammt noch mal, du hast es geschafft.
Moussa erzählt ihm vom kleinen Misston in der Geschichte: ohne Band, die treuen Kumpel, die armseligen Brüder, mit denen er schwierige Zeiten durchgestanden hat.
- Ach, ja, das ist ein Problem. Aber ... so ist das Leben, Moussa, jeder für sich, jedem sein Schicksal. Du wirst sie nicht dein ganzes Leben mitziehen, was würden sie an deiner Stelle machen?

Das stimmt, was würden sie an meiner Stelle machen?
Am nächsten Tag, Telefon, es ist Rachid, der aus Barcelona zurück ist, er erzählt ihm die Angelegenheit.
Rachid stößt einen Schrei auf Englisch aus:
- Na so was, ich war sicher, dass du es schaffst. Aber so schnell ... zögere nicht, Moussa, keine Sekunde, das ist die Chance deines Lebens. Zudem kenne ich Bill, er ist Spitze,

ein wahrer Künstler, auch Jazzmusiker. Du musst es deinen Kumpeln erklären, sie müssen es kapieren.
Ermutigt und bedrückt fasst er die Sache ins Auge, was für eine unangenehme Aufgabe, wie es ihnen beibringen?
Verabredung in einem Kaffeehaus, Moussa verkündigt seinen Musikern die Neuigkeit. Sie sind fassungslos. Nach kurzem Schweigen zeichnen sich zwei Haltungen ab:
Der Keyboarder und der Bassist verstehen es, wünschen ihm viel Glück, ja, das ist das Leben, vielleicht spielen wir eines Tages wieder zusammen, wer weiß?
Aber der Schlagzeuger und der Geiger nehmen es schlecht auf: was wird aus uns, und das Repertoire, an dem wir so hart gearbeitet haben, du hast kein Recht, uns so fallen zu lassen, Egoist, Schweinehund …
Moussa steckt ein, versteht alles, was willst du sagen? Es fällt ihm auch schwer, sie zu verlassen. So viele Erinnerungen, diese Plackerei, die Abende, die Musikträume …
Sie trennen sich, schweren Herzens, es ist das Ende von etwas und der Neubeginn von etwas Anderem, es geht vorwärts, das ist die Hauptsache.
Er ruft auch Fatiha an, ihr die Neuigkeit berichten. Zu Beginn ist sie sehr zufrieden: Das *Triangle*, wer hat nicht schon davon gehört in Algier?
Aber bald wechselt ihre Laune: Eifersucht, die schönen Frauen, du wirst mich vergessen, sie werden dir den Kopf verdrehen.
Moussa versichert ihr, dass sie die einzige ist, die zählt, er erinnert sie an seine Liebesschwüre unter dem Mond. Seit fünf Jahren, ihre Geschichte, das ist es jetzt, das Ende des Tunnels, Das *Triangle*, der Ruhm, alles wird kommen, die Kohle, der Ruhm, die Wohnung, die Hochzeit …

Im darauffolgenden Monat kündigt er im *La Chésa* und nimmt mit Bill Kontakt auf, teilt ihm mit, dass er bereit ist.
Moussa investiert seinen gesamten Lohn in Klamotten, das ist bekannt. Aber jetzt ist es etwas anderes: Das *Triangle* ist nicht das *La Chésa*, da musst du professionell aussehen. Die Garderobe erneuern, in Lâkiba schauen, das ist teuer, aber es muss sein, das Image muss stimmen.
Einmal im Monat lungert Moussa in Lâkiba herum, dem Byzanz des Schwarzmarktes, herumschnüffeln, Klamotten, Nippes von drüben. Tantalusqualen, die meisten Leute kaufen nichts, kommen bloß, um sich den Mund wässrig zu machen, können es sich nicht leisten. Produkte aus dem Westen auf dem nackten Boden, Parfums, Seifen, religiöser Tand, Batterien, Pornokassetten, Schnickschnack, Marktschreier, die mit großer Schnauze wetteifern.
Die Preise verbrennen die Finger, aber das ist Moussa egal. Er probiert ein schwarzes Seidenhemd, streicht über den Stoff, schönes Material, Puffärmel mit zwei falschen Taschen, prächtig.
Beim weiteren Stöbern entdeckt er ein mit farbigen Perlen eingefasstes Paar Stoffmokassin, Hindu-Stil. Ok, er feilscht um den Preis, wie viel für beides, einverstanden, 1.500 Kröten. Moussa nimmt das Hemd und die in Zeitungspapier eingepackten Schuhe. Vorzüglich für seinen Start im *Triangle*, das passt zum allgemeinen Look. Danach sehen wir weiter, je nach Sachlage, ja, das wird gehen.
Im Vorbeigehen kauft er einen Deo-Stick, 150 Kröten, muss bei Tati für fünf Francs zu haben sein, aber das macht nichts: Gut riechen ist alles.

Verabredung an einem Nachmittag mit Bill im *Triangle*, Erklärungen, Proben.
Unerträgliche Hitze, Anfang August, es ist 15 Uhr, Djelloul setzt Moussa vor dem *Centre des Arts* ab. Schwarze Sonnenbrille, Batman-T-Shirt, die Mandola im Arm, so trifft er seine Startvorbereitungen.
Es ist weniger heiß hier, Klimaanlage, kühler Beton, alles ist rein, betörende Düfte, es ist wie drüben.
Während Moussa ins unterste Stockwerk geht, beobachtet er die Luxusgeschäfte, schöne geschminkte Frauen, gut angezogen, man könnte meinen, man sei in Genf. Auf der Terrasse sitzen Leute an Tischen, Mädchen und Jungen, die Frische des Reichtums, das ganz normale Leben eben.
Er bemerkt die Sicherheitsleute, unauffällig, Walkie-Talkies, in Uniform, sauber. Sie haben Recht, all das muss vor Gesindel geschützt werden.
Moussa weiß nicht mehr, wo er seine Füße hinsetzen soll, so sauber ist es hier, Reinigungsdienst, überall hübsche Abfalleimer, gestylte öffentliche Aschenbecher, Mensch, so sollte es überall sein.
Auf jedem Stockwerk flimmern zahllose Videoclips über die Bildschirme, ausländische Sender. Moussa kann es kaum glauben, er hält zwei Sekunden an. Das Bild ist perfekt, der Ton, die Farben. Das ist Funk, Girls in sexy Shorts bilden den Chor. Er schaut auch die Werbung, das Leben ist süß.
Papa ist gegen eine Satellitenschüssel, er findet, das sei zu viel … das heißt nein, er will keine, das ist alles.

Im Erdgeschoss kommt er beim *Triangle* heraus, scheint geschlossen zu sein, aber er hatte doch 15 Uhr gesagt? Moussa schaut durch das Fenster, jemand kommt gähnend auf ihn zu, Jeans und Flip Flops. Es ist ein Kellner der Bar, ein Emigrant, Moussa fragt nach Bill, der Andere lässt ihn eintreten.

Wuchtiger Bunker, das *Triangle*, Putzfrauen in den riesigen Hallen, Staubsauger, Scheuerlappen, das macht Spaß. Der Kellner führt ihn nach links, man hört Musiktöne.

Bill ist gerade beim Überwachen einer Probe, er gibt Moussa ein Zeichen, näher zu treten. Auf der Bühne Abdallah, der Bassist, Hamid, der Schlagzeuger und Mahmoud Aziz, der Keyboarder. Alle gähnen, schlecht vom letzten Abend erholt. Bill stellt Moussa vor, sie kennen sich vom Sehen. Sie proben ein neues Stück mit einer Sängerin aus Constantine. Ein Heft in der Hand, Bill notiert das Repertoire, die Übergänge, er bittet Moussa zu warten.

Moussa setzt sich in eine Ecke und beobachtet die wirklichen Profis, gute Toneinstellung. Bill mischt selber auf dem Mischpult.

Ammar, der Discjockey, ist sympathisch, er zeigt Moussa die Disco, bis Bill mit den andern fertig gearbeitet hat.

Das *Triangle* besteht aus drei Räumen, der Disco, dem orientalischen Club und dem Jazzclub.

Zuerst die Disco. Moussa hat in seinem ganzen Leben noch nie so viel Zubehör gesehen. Regie, Beleuchtung, Ton, Mischpulte, Videoausrüstung, CD-Player. Der Saal ist sehr geräumig, der Kellner zeigt ihm eine riesige Lautsprecherbox, größer als Moussa.

Donnerwetter, was für eine Leistung die wohl hat?

Dann der Jazzclub. Sehr gemütlich, rund zwanzig Tische, amerikanische Bar, kleine Bühne, Schlagzeug, Elektroklavier, Verstärker. Moussa bemerkt die Spotlichter. An der Decke eine prächtige Verglasung, Klimaanlage, der Regieraum, super Ausrüstung, Mischpult, Verstärker, Videorekorder.
Endlich der orientalische Club: Ebensogroß wie die Disco, orientalisches Dekor, große Bühne, helle Tanzfläche, Lichtspiele.
Bill ist soeben mit der Sängerin aus Constantine fertig geworden, jetzt ist Moussa an der Reihe. Er nimmt seine Liederliste hervor, sie proben die Stücke, finden sofort die Akkorde, gute Musiker, da gibt es nichts zu sagen. Nach zwei Stunden ist alles erledigt, den Rest sehen wir beim Spielen, die Übergänge, all das.
Bill bietet Moussa einen Drink an und erklärt ihm den Zeitplan, die Bühnenkleidung, die Professionalität bei der Arbeit. Das *Triangle* ist das Schaufenster der Regierung, der Spielplatz ihrer Kinder, man muss aufpassen.
Das *Triangle* öffnet um Mitternacht, korrekte Kleidung, ohne Begleitung kein Einlass. Moussas Konzert ist für Viertel vor 1 Uhr morgens vorgesehen. Es ist knapp 18 Uhr, Zeit für eine schöne Siesta, Kräfte sammeln.

Den Kopf voller Träume kehrt er nach Hause zurück, schlüpft in sein Bett und zwingt sich zu schlafen, bis mindestens um 21 Uhr, unbedingt.
Sahnoun ist in einen Kriminalroman vertieft.
Unmöglich, zu schlafen, Türen, die zuschlagen, Geschrei von Papa, der Fernseher, der plärrt, es ist die Zeit, zu der alle von der Arbeit, der Uni, der Straße zurückkehren. Ge-

reizt steht Moussa auf, Badezimmer. Er bastelt sich zwei Wattestöpsel und stopft sie sich in die Ohren, das ist besser als nichts. Es gelingt ihm einzuschlafen.
21 Uhr, er steht auf, gut essen. Tour in die Küche, Zhor serviert ihm eine große Portion Couscous mit Hähnchen. Mohand kommt aus dem Wohnzimmer, kaut an einem Stück Wassermelone:
- Hey, Nachtvogel, man sieht sich nicht oft in den letzten Tagen. Was läuft bei dir denn so?
Moussa erzählt seinem großen Bruder vom *Triangle*, seiner Karriere. Mohand hört ihm kopfnickend zu, noch immer mit seinem Stück Wassermelone kämpfend:
- Das ist gut, du beginnst aufzusteigen, wirst eine Menge Beziehungen knüpfen können dort.
- Oh ja, und für deine Hochzeit nächstes Jahr werde ich dir die größten Stars von Algier organisieren, sie sind alle im *Triangle*. Übrigens, gibt's Neuigkeiten betreffend ... der Wohnung?
Mohand hört auf zu kauen und spuckt einen Kern aus:
- Mein Dossier steckt noch immer beim Handelsministerium, der Unterabteilung für soziale Angelegenheiten.
- Kennst du niemanden dort?
- Doch, ich kenne den Nachbarn des stellvertretenden Direktors. Er hat mir versprochen, sich darum zu kümmern, ich habe ihm sogar Kohle angeboten.
Moussa, gerührt:
- Ich kann dir mit Kohle aushelfen, das ist alles, was ich machen kann.
- Danke, ich muss auf jeden Fall nächsten Sommer heiraten, Moussa, die Eltern des Mädchens können nicht mehr war-

ten. Seit drei Jahren verschieben wir das schon, das ist doch nicht normal, sie haben es satt, ich kann sie verstehen.

Moussa, seine Hähnchenkeule fertig kauend, wagt zu fragen:

- Und ... wie? Wirst du ... hier wohnen, wenn du bis dann keine Wohnung hast?

Mohand legt die Schale seines gründlich abgekauten Melonenstücks hin:

- Was soll ich denn machen? Keine Wahl, wir werden uns durchbeißen müssen, was weiß ich schon. Ich bin fünfundvierig, kannst du dir das vorstellen? Darf ich denn nie heiraten?

Er verlässt die Küche. Moussa bringt sein Couscous kaum herunter beim Gedanken, dass Mohand heiratet und seine Frau mit nach Hause bringt. Wie wird dann das ganze Bordell aussehen, vierzehn, nein, fünfzehn Personen, und da sie dann verheiratet sein werden, bedeutet das ein eigenes Zimmer?

Aber wie, es gibt bloß drei Zimmer ... für fünfzehn.

Außer wenn Maya oder Fella ... oder die Oma?

Verdammte Scheiße, er verliert sich in verzwickten Kombinationen, dann verlässt er die Küche, in sein Refugium zurückkehren, atmen.

Im Zimmer entdeckt er einen Aufkleber an der Wand, FIS, er reißt ihn wütend ab. Das war bestimmt Slimane, muss ein ernstes Wort mit ihm reden, mit diesem Idioten. Das geht jetzt wirklich zu weit: Der FIS im Haus?

Nein, nein, nein.

Slimane kommt in das Zimmer zurück, Kamis, Spitzbärtchen, Schlappen. Moussa mustert ihn und zeigt ihm den Aufkleber:

- Hast du diese Scheiße aufgeklebt?
Slimane errötet und senkt den Blick. Moussa lauter:
- Antworte, wenn ich mit dir rede!
Sahnoun schaut mit einem Auge von seinem Roman auf, dann vertieft er sich wieder darin, unbeteiligt.
Slimane versucht zu erklären:
- Ich ... Baïza hat ihn mir gegeben, er hat gesagt ...
Moussa beginnt zu schreien:
- Hör zu, ich wollte seit langem mit dir darüber sprechen, deine häufigen Besuche, die Fundamentalisten. Na so was! Baïza ist zur Referenz geworden ...
Auf Moussas Geschrei rennen alle herbei, Zhor, von Nacéra gefolgt, Ouardia, die Kinder. Mohand will sich nicht einmischen. Oma kommt Slimane zu Hilfe:
- Lass den Kleinen in Ruhe, er macht nichts Schlechtes.
Moussa, außer sich:
- Was? Der FIS im Haus? Sind wir denn im Iran? Geht's euch nicht gut? Zudem in meinem Zimmer. Ich verbiete ihm, sie weiter zu treffen, wenn er beten will, kann er das zu Hause tun. Mit diesen Gaunern wird er kaum die Religion kapieren ...
Slimane ist rot vor Scham. Nein, er ist in Wirklichkeit kein richtiger Islamist, bloß ein zartes soziales Überbleibsel, eine verlorene Knospe, sanfte und gefügige Beute.
Moussa hört nicht auf zu schreien, alle gehen hinaus, Sahnoun scheint nichts gesehen, nichts gehört zu haben, immer noch in seinem Buch versunken.
Moussa will den Aufkleber vom Balkon werfen, dann ändert er seine Meinung. Wenn er auf die Islamisten unten beim Wohnblock fallen würde.

Er weiß nicht, was er damit machen soll, steckt ihn in die Tasche seiner an den Knien zerrissenen Jeans, ihn später draußen fortwerfen, in einen Mülleimer, unauffällig.
Sich wieder fangen, es ist beinahe 10 Uhr, Djelloul kommt um 11 Uhr 30, erster Abend, darf nicht zu spät kommen. Moussa hat darauf bestanden, Djelloul als Fahrer zu nehmen, so kommt er nämlich umsonst herein, Bill hat gesagt, kein Problem.
Ok, muss sich jetzt bereit machen, der große Gemeinschaftsschrank, Moussa weiß nicht, was er anziehen soll. Muss das Richtige sein, das ist das *Triangle*, nicht das *La Chésa*.
Er entscheidet sich für das schwarze Seidenhemd, weiße Weste mit imitierter gestickter Öse, weiße Serge-Pluderhose und die Schuhe.
Problem, die Schuhe: Er zögert zwischen den schwarzen geflochtenen Mokassins und jenen mit dem vergoldeten Ring auf der Seite. Komm schon, schnell, Kopf oder Zahl, hoppla, die Wahl fällt auf die geflochtenen, keine Widerrede.
Er schließt sich im Badezimmer ein, große Körperpflege. Moussa füllt das große Becken mit Wasser aus dem Kanister und wäscht seinen Körper, indem er mit einer bronzenen Schöpfkelle Wasser darüber gießt. Er wäscht die Haare mit dem Rest eines *Dop* Shampoos, 120 Kröten, Schwarzmarkt. Nachdem er sie ausgespült hat, streicht er sie glatt nach hinten und wickelt straff ein Handtuch darum. Zehn Minuten das ganze wirken lassen, das ist der Look der 50er Jahre. Er lächelt sich zu, Moussa der Pharao.
Danach Rasur und kräftiges Einreiben mit *Williams* After Shave, 160 Kröten, Schwarzmarkt.

Moussa MASSY, der Star, ganz nahe vor dem zerbrochenen Spiegel, kleine Verschönerungen: Nasenhaare, schwarze Punkte, weißes Lächeln, Cheese, mehrere Male, Rachid hat ihn das gelehrt, mehrere Male wiederholen für das Foto-Lächeln.
Das After Shave einwirken lassen, das Hemd anziehen, die kühle Seide, fühlt sich gut an auf der Haut. Dann die weiße Hose, die kleine Weste, die Schuhe später.
Jetzt ist der richtige Moment für die Haare: die entscheidende Schlussaktion. Vorsichtig das Handtuch wegnehmen, die Bürste mit Pomade bestreichen und kräftig bürsten, die Pomade sogar in die Kopfhaut eindringen lassen. Dann nimmt er den breitgezackten Kamm und frisiert vorsichtig die Stirnlocke, die Ringellöckchen. Alles glänzt, schön, schimmernde Fantasie.
Moussa liebt diesen Augenblick, wenn er im Spiegel die Arbeit überprüft, romantische Ringellöckchen im Nacken, glatt nach hinten gestrichen, mit bloß zwei kleinen seitlichen Wellen und einer kleinen Schmachtlocke auf der Stirn.
Die Augen, ein wenig Kajal, er betrachtet sich aus der Dreiviertel-Ansicht, bricht in Gelächter aus, macht Posen, der Stern von Algier, wer ist das?
Das ist gut, perfekt.
Gehupe, Moussa wirft einen Blick vom Balkon hinunter, es ist Djelloul, muss 11 Uhr sein, muss sich beeilen. Noch einen Spritzer *Azzaro* unter die Achseln, Glimmstängel, Papiere, Kohle, Schlüssel, ok. Moussa geht hinaus, die Treppe hinunter, zieht die Hosenbeine hoch, Urinlachen.
In der Eingangshalle des Mehrfamilienhauses eine Traube Bärtiger, Scheiße …

Alle schauen ihn an, er riecht wie eine Nutte, ich weiß, was sie sagen werden … Auf ihrer Höhe angekommen, ein kurzes *Salam Aleikum*, das sie ebenso kurz erwidern. Die Taktik ändern, sie nicht mehr so auf sich aufmerksam machen, man kann nie wissen.
Djelloul trägt Schlips und Anzug, der große Tag, er duftet ebenfalls nach Parfum. Heute hat er einen BMW. Als Moussa einsteigt, wünscht er ihm ein solches Auto.
Ryadh El Feth, Restaurants, Kinos, Kaffeehäuser, alles ist beleuchtet, Luxusautos, Frauen wie im Film, Parkplatz, Djelloul parkt, sie steigen aus.
Vor dem Eingang des *Triangle* herrscht Gedränge, strenge Kontrolle. Zuerst die Mitglieder mit Ausweis, dann die Stammgäste, Reservierungen, da kommst du nicht so einfach herein.
Die Tussies sind schön gebräunt, alles funkelt. Moussa sieht Bill neben Lounès, dem Rausschmeißer. Bill stellt sie vor, neue Künstler, Lounès merkt sie sich. Ok.
Laute Musik ertönt aus der Disco, es ist schon recht voll. Moussa fühlt sich in der Eingangshalle verloren, Djelloul folgt ihm. Eine Tussi kommt aus der Disco, Moussa ist völlig sprachlos, man könnte meinen, Kim Basinger, im Leben noch nie so eine Frau gesehen. Er sieht eine weitere, Typ afrikanisches Top Modell, und eine weitere, und eine weitere, Stil 30er Jahre, einen Longdrink in der Hand … na so was …
Jede auf ihre Weise schön, jede verkörpert auf ihre Art den köstlichen Glamour Algiers.
Algerierinnen?
Mit Müh und Not gelangen sie auf die linke Seite, wissen nicht mehr wohin. Bill wird von überall in Anspruch genom-

men, er managt drei Säle. Irgendwann sieht er Moussa, erklärt ihm die Räumlichkeiten, er kann in die Garderoben oder den Jazzclub gehen bis zu seinem Auftritt, hat Anspruch auf zwei Getränke, für den Rest muss er selber sorgen. Dann saust Bill davon, von einer Bande Mädchen und Jungen vereinnahmt.

Unmöglich, die Tür zum orientalischen Club zu öffnen, zu viele Leute, Musik in voller Lautstärke, Bauchtänzerinnen auf der Bühne, Geldscheinregen über ihnen.

Moussa und Djelloul versuchen es im Jazzclub. Kaum ist die Tür offen, atmen sie auf. Im Art Deko Stil eingerichtet, sinnliche Lichter, man hat den Eindruck, in einem New Yorker Privatclub zu sein.

Auf der Bühne die Band, Bossa Nova, gedämpfter Ton, aber das sind doch Sam und Farid? Komplizenhaftes Augenzwinkern.

Moussa und Djelloul stehen an der Bar, es ist angenehm, Klimaanlage, Parfumduft besserer Klasse. Hier herrscht kein Gedränge, etwa zehn Tische sind besetzt, ein paar Stammgäste an der Bar, und Frauen von unbeschreiblicher Schönheit …

Kenner, die Gäste genießen die Band, applaudieren nach jedem Stück. Bill taucht plötzlich im Saal auf, er geht zur Bühne, flüstert Farid etwas ins Ohr. Augenzwinkern zu Moussa, dann verlässt er den Jazzclub und stürzt sich in den orientalischen Club.

Moussa erklärt dem Barkeeper: neue Künstler, Getränke, der Barkeeper ist auf dem Laufenden, zwei Whiskys, Kräfte sammeln.

Auf der Bühne, Farid stimmt einen Blues an, das ist verrückt, man könnte meinen, ein Amerikaner, er bringt seine Gitarre zum Weinen.

Moussa entspannt sich, beruhigt Djelloul, er schaut alles an, die Zwischenwelt zähmen. Erkennungsmelodie, es ist Pause, die Musiker kommen an die Bar, auf den Video-Bildschirmen sind Jazz-Konzerte zu sehen.

Farid und Sam, gefolgt von Karim, dem Schlagzeuger, und Youcef, dem Bassisten, kommen zu Moussa. Sie diskutieren über Musik, verminderte Quarte, große Terz. Sam ist runder geworden, er boxt Moussa zärtlich. Sie sind alle froh für Moussa, es wird schon gut gehen hier, Rachid kommt später.

Halb eins, einen Blick werfen, die Garderoben, sich vorbereiten, in einer halben Stunde auf die Bühne.

Die Ellbogen einsetztend, erreichen sie die geräumigen Garderoben, Spiegel, Stühle, rund fünfzehn Personen, Tänzerinnen, Musiker, Groupies.

Mahmoud Aziz, der Älteste, beruhigt ihn, er stellt ihn allen vor, sie reichen ihm einen Drink. Moussa erkennt ein paar Gesichter, Cheb Khaled hat soeben den Kopf hereingestreckt, er muss gleich improvisieren.

Ja, das sind die Berühmtheiten der Musiker vom Fernsehen, praktisch alle Sänger und Sängerinnen sind bekannte Stars, haben schon Platten oder Kassetten aufgenommen.

Der Whisky fließt in Strömen, alle sind tadellos gekleidet, Fliege, glänzende Schuhe. Abdallah, der Dandy-Bassist, spielt mit Nourdine-Chameau, dem Gitarristen, Poker, 500 Dinar Einsatz. Schau an, Abdelkader Chaou, der große Chaabi-Sänger, trinkt Orangensaft?

In fünf Minuten ist es soweit, der große Moment. Seine Musiker gehen vor ihm her, Moussa konzentriert sich, sich ins Zeug legen.
Die Band beginnt mit dem Auftakt, der Moderator kündigt ihn an und Moussa Massy bahnt sich unter Beifall einen Weg durch die Menge zur Bühne.
Halb tot vor Lampenfieber nimmt er das Mikrofon und blinzelt im ungewohnten Lichterschein. Bei der Wiederholung legt er los, es ist super, er hört sich sehr gut, der Ton, die Rückläufe. Die Band klingt wie ein Rolls Royce, intelligent, Feinheiten, Wiederholungen, Lautstärke, alles ist gut. Moussa hebt beim zweiten Stück ab, *Avava Inouva*, von Idir, Reggae Version, wie sie es am Nachmittag geprobt haben.
Unter dem Impuls des Basses lässt Moussa seiner Stimme frei und heiser ihren Lauf, er rockt jetzt. Auf der Tanzfläche wird nun ein wenig getanzt, ansonsten beobachtet man, ein neuer Sänger, mal schauen, was der bringt.
Drittes Stück, *Ayadho*, von Rabah Asma. Mahmoud Aziz macht auf dem Synthesizer einen Wind-Effekt, Moussa frohlockt. Jeden Takt mit dem Fuß schlagend, beginnt er den Refrain. Auf der Tanzfläche totale Begeisterung, die Girls sind in Trance, ein Typ steckt ihm einen 200-Dinar-Schein in den Kragen seines Hemdes.
Übergang, der ultimative Song, *Way Thelha* von Takfarinas. Moussa zieht alle Register, er tanzt mit dem Fuß des Mikrofons, fällt beim Refrain auf die Knie, fordert das Publikum zum Händeklatschen auf und heizt die Musiker an.
Moussa ist außer Rand und Band, er wiederholt den Refrain zum sechsten Mal. Mahmoud Aziz, alter Fuchs, zwinkert ihm jedes Mal zu, los, noch ein Mal!

Am Ende des Stückes: rauschender Beifall, Ju-Ju-Schreie, sogar die Sänger kommen aus der Garderobe, um zu schauen, ja, eine verdammt gute Nummer, dieser Kleine, wie heißt er doch? Massy Moussa? Ja, wirklich nicht schlecht!

Mit seinem Heft in der Hand hat sich Bill in eine Ecke verkrochen, er hebt den Daumen Richtung Moussa.

Die Gemüter beruhigen, *Hoola Hoop* von El Hasnaoui, sanfter wiegender Calypso. Der doppelte Bass schwingt, Moussa spürt den Geschmack der Kokosnüsse auf seiner Zunge, die 50er Jahre, ja, mein Bruder ... Seine Stimme ist voll, rund. Sie füllt den Saal via Verstärker, himmlisch und sicher.

Es regnet 200er-Scheine, das ist das Trinkgeld. Danach wird gütlich unter den Musikern und dem Discjockey geteilt, er hat auch Anrecht auf seinen Teil. Während die Geldscheine niederflattern, rechnet jeder beim Spielen schon im Kopf seinen Anteil aus, da kannst du sicher sein.

Ein Gast gibt Moussa kurzerhand 2.000 Kröten für ein Lied, *Zwits Erwits.*

Beim Anblick der 2.000 Kröten legt Mahmoud Aziz sofort mit dem Intro los. Moussa stimmt in das Lied ein, eine kampflustige Berberhymne. Frauen binden sich ein Tuch um die Hüften und tanzen kabylisch.

Moussa lässt die Spannung steigen, improvisiert Variationen, entwickelt Tonleitern, bringt die Menge zum Toben. Sie wiederholen den Refrain zum zehnten Mal, die Geldscheine flattern nieder, bedecken die ganze Bühne.

Fertig, Moussa steigt von der Bühne herunter, erschöpft, er wird beglückwünscht, er sieht verschwommen, atmen, die Garderoben. Der Moderator kündigt den großen Zauber-

künstler Bouras und seine charmante Assistentin Nadia an, die sich schon jeder Stammgast …
In der Garderobe ein wenig Wasser, sich das Gesicht waschen, nackte Tänzerinnen machen sich für den Auftritt bereit, die Plackerei, Bill platzt herein, den Füller zwischen den Zähnen.
Er gratuliert rasch Moussa, dann wendet er sich an die Sängerin aus Constantine, du bist gleich an der Reihe, Amel, gerade nach Bouras, ok? Dann verschwindet er.
Moussa entspannt sich, wahnsinnig viele Leute, das ist eine Fabrik, zu trinken, zu trinken, zu trinken. Mindestens 200 Flaschen Whisky pro Abend für die drei Säle.
Hey, Djelloul. Er war spurlos verschwunden, mit Leuten herumhängen, trinken, schwatzen. Er reicht ihm den Rest eines Joints, Moussa zündet ihn an, er fühlt sich besser, ruhig, göttliche Entspannung, ja, das ist das Leben.
Kurz vor 3 Uhr morgens, Szenenwechsel, kommt, wir gehen in den Jazzclub oder in die Disco. Sie verlassen den zum Bersten vollen orientalischen Club, gleich gegenüber ist die Disco, los, gehen wir.
Der kräftige Beat geht in den Bauch, sobald sich die Türen der Disco öffnen. Die Lichter tun das Übrige dazu, der Zauber, der Charme, Glamour, Glamour.
Sehr schillernde Kundschaft, Kinder von Reichen, Generälen, gestylte Girls, algerische Graffiti, Top Hits aus den besten Pop Charts, als guter DJ quatscht Samir viel ins Mikro, macht Stimmung.
Zweites Getränk, Moussa und Djelloul gehen an die Bar. Schau an, der Barkeeper ist der Emigrant vom Nachmittag, salut. Moussa bestellt zwei Whiskys. Der Barkeeper füllt die Gläser randvoll, Augenzwinkern, das ist nett, danke, die

Eiswürfel rollen in den Gläsern. Auf seinem Hocker sitzend, forscht, glotzt, schielt Moussa nach Gesichtern, dem Look, dem Kommen und Gehen.
Bill kreuzt auf, er ist großartig:
- Nun, Massy? Weißt du was, du nennst dich besser Massy, ganz kurz, finde ich. Das ist einfacher und klingt obendrein amerikanisch, verstehst du, was ich meine?
Moussa, mit glänzenden Augen:
- Hundertprozentig, daran habe ich auch gedacht. Einverstanden, ich werde das mit Rachid prüfen. Er kennt Sie, glaube ich?
Bill:
- Du kannst mich duzen, ich ziehe das vor. Rachid? Oh ja, ein prima Kerl, macht gute Arbeit. Wir sollten das Poster vor der Tür wechseln. Uff, ich muss weiter. Es ist Pause im Jazzclub. Nehmt zwei Drinks auf meine Rechnung.
Offen und aufgeweckt, Bill rast davon, verschwindet in der Menge. Moussa ist glücklich, ihn zu kennen, ein wertvoller Mensch.
Ja, MASSY, ganz einfach. Fertig, wir ändern das, habe genug von Moussa Massy.
Es stimmt, MASSY, das ist ... frisch, seidig, Paris, amerikanisch, ja, in die Versenkung mit Moussa, Es lebe MASSY.
Sogar Djelloul gibt zu verstehen, dass er damit einverstanden ist, indem er sein neues, randvoll gefülltes Glas erhebt.
Moussa schnappt seines, siehst du, jetzt geht die Geschichte richtig los. Das ist die Geschichte eines Sängers, der Erfolg hat. Das ist es: Erfolg!
Moussa bricht in Gelächter aus, ach du meine Güte, ist das denn alles wahr?

Das *Triangle*: Er ist im *Triangle*. Der Star des modernen kabylischen Chansons! Das Plakat noch ein Mal anschauen, bloß MASSY, in Versalien, und vielleicht in Rot, mit Rachid überlegen.

Da ist er ja, das Schätzchen, afrikanische Mütze, Rachid, weiße Pluderhose, mit Lynd, sieht aus wie …

Bruderkuss, Rachid hat alles gesehen, Moussas Auftritt, der Triumph, er hatte sich hinten in der orientalischen Disco verkrochen. Sie diskutieren über die Geschichte MASSY, Moussa weglassen.

Rachid sieht alles ganz klar, er hatte auch daran gedacht. MASSY ist mediengerechter, direkter. Ok. Das Poster nochmals überarbeiten, zwei Tage Arbeit, MASSY in Blau.

Nein, weshalb nicht Rot. Das ist offensiver, sinnlicher. Rachid gibt nach, einverstanden, müssen aber alles nochmals anschauen, das Grundkonzept … Aber das lässt sich machen, kein Problem.

Rachid schlägt vor, den Rest des Abends im Jazzclub zu verbringen, er hat noch eine halbe Flasche Scotch dort drüben. Alle stehen auf, Saal wechseln. Neben dem Regieraum, Rachids Tisch, der beste Platz, hinter den Lautsprechern.

Auf der Bühne beginnt die Band mit einem sehr schnellen Swing voller Synkopen. Moussa nimmt die Geschicklichkeit der Musiker wahr, Farid an der Gitarre, Sam am Schlagzeug, Mustapha am Keyboard und Youssef am Bass.

Coole Stimmung, Klimaanlage voll aufgedreht, alles perfekt.

Djelloul, Moussa, Rachid und Lynd stoßen auf Moussas Erfolg an.

Dann die Jam-Session, Malek am Piano, Ahmed am Bass, Mourad am Schlagzeug, Hocine an der Gitarre, eine andere

Besetzung. Beim nächsten Stück ist Bill selbst an der Gitarre, mit Arezki am Schlagzeug, der andere Farid am Bass. Guter Bassist Farid.

Am Ende des Stückes kündigt Bill Mahfoud an, den berühmten Sänger Algiers, er singt *My Way,* recht stürmischer Beifall.

Unaufhörlich steigen Musiker auf die Bühne und hinunter, alles sehr gute Musiker, die Besten Algiers. Moussa ist voller Respekt für die Musik. Er hört mit offenen Ohren zu, er lernt.

Sturzbesoffen betrachtet Moussa das schwarz-weiß-Poster von Billie Holiday hinter der Bar. Er hat den Eindruck, dass sie ihm alleine zulächelt, als ob sie wüsste, dass ...

Er kann es noch immer nicht glauben: Das *Triangle* ...

Prächtige schwarze Augen, ein Mund, um Küsse zu verschlingen, in der Türöffnung. Aber das ist doch Wahiba, die Tochter von Méziani!

Olala, gut gebaut, die Puppe, sie winkt ihm zu, Moussa steht auf und geht auf sie zu, Djelloul sieht alles.

Moussa muss sich wegen der Musik über sie beugen, um sie zu verstehen. Die Nase an ihrem parfümierten Busen, hört er ihr zu. Sie hat ihn vorhin singen hören, oh, sie findet ihn hervorragend. Mit feurigen Blicken und perlendem Lachen versüßte Konversation. Wahiba, honiggebräunt, Orangenbäckchen, ein reinrassiges arabisches Stutenfohlen.

Moussa kriegt sofort einen Ständer, seine Vernunft lässt ihn im Stich, der Scotch, der Shit.

Moussa hat einen Ständer, Wahiba sofort, sie ist da, offen, feucht, mach voran, verdammt noch mal!

Ihn um Feuer bittend, Wahiba, ordinär:

- Siehst du, ich brauche Feuer, ich bin wie eine Zigarette, ich brauche Feuer zum Leben.

Moussa, direkt:
- Ja, aber … wo?
An ihm klebend, raffinierte Frau, ihr Netz webend:
- Du bist doch mit Djelloul gekommen, oder? Steht das Auto auf dem Parkplatz?
Moussa, noch erregter, der Parkplatz, ja klar. Er geht zu Djelloul, die Wagenschlüssel, muss etwas erledigen, zwei Minuten. Rachid lächelt, Moussa weiß, dass er kapiert hat, Djelloul übrigens auch. Aber er, das ist etwas anderes.
Die Schlüssel in der Hand, von Wahiba begleitet, geht Moussa mit steifem Schwanz Richtung Parkplatz, im Vorbeigehen ein Salut zum Rausschmeißer.
Kaum im Auto, stürzt sich Moussa auf sie und küsst sie überall.
Der Schatten von Fatihas Augen ist über ihm und beschimpft ihn. Aber nein, das ist doch nicht dasselbe, das ist reine Fleischeslust. Moussa ist dennoch verwirrt.
Wahiba entspannt ihn, schlangenhaft gleitet sie an ihm hinunter, öffnet seinen Hosenschlitz und bläst ihm ganz langsam einen. Donnerwetter, ist es das? Ja, das ist es, das ist es … Mein Gott.
Nein, ich spinne nicht, das ist es! Endlich, mein Gott.
Wahiba spaziert mit ihrer Zunge über die schöne rosa Eichel, sie verschlingt ihn bis zum Schaft. Er stoppt sie, hebt sie von hinten hoch und dringt leidenschaftlich in sie ein. Sie stöhnt, als sie kommt, schreit auf Arabisch „langsam, mein Bruder“. Moussa kommt in demselben Moment, laut in kabylischer Sprache stöhnend, Wahiba streichelt und beruhigt in, er fühlt sich gut.
Im *Triangle* zurück, ohne dass jemand etwas bemerkt, ciao, bis bald, Moussa geht zu Rachid und den Anderen zurück.

Ein letzter Drink, er fühlt sich zerschlagen, es ist gegen 5 Uhr morgens, ja, ziemlich zerschlagen.
Eine gute Tischrunde, alles Musiker, auf den Videobildschirmen singt B.B. King. Gegen 5 Uhr 30 wird geschlossen, man trifft sich beim *Terminus*.
Alle treffen sich dort, am Ende des Abends.
Neben dem Busbahnhof, Langstrecken-Busse, Algier-Constantine, Algier-Oran.
Das Kaffeehaus schließt nie, das wissen alle. Rund zwanzig Abgeschlaffte schlafen an den Tischen, warten auf die ersten Busse. Bleiche Soldaten auf Urlaub, Landbewohner, die in ihr Dorf zurückkehren, ihre Chance in Algier verpasst haben, barfüßig, in Lumpen gekleidet, mit gerade noch genügend Geld, um die Rückfahrt zu bezahlen.
Wenn die Leute aus den Discos auftauchen, gibt das einen großen Kontrast. Starker Parfum- und Alkoholduft, schief sitzende Smokings, müde Krawatten, schlecht abgeschminkte Tänzerinnen. Zwölf Käsesandwichs, sechs mit Hähnchen, zweiundzwanzig Milchkaffee und sieben Zitronensäfte.
Von der Terrasse aus kann man den Hafen von Algier sehen, die Lagerhäuser, die Docks. Im Hintergrund die Bucht, die schöne, berühmte Bucht von Algier, klar und rund.
Die Stadt erwacht gähnend, die Leute sind schon bei der Arbeit, die ersten Verkehrsstaus, die Straßen beleben sich. Moussa isst sein zweites Käsesandwich fertig und lacht über einen Witz von Sam. 8 Uhr 30, ciao, alle verziehen sich, die Rechnung bezahlen, bis heute Abend, bye-bye.
Moussa kehrt mit Djelloul zurück, die Sonne scheint schon stark, es wird heiß werden heute, schon August, wie die Zeit doch vergeht …

Djelloul setzt Moussa vor seinem Haus ab, Mülleimer, Fliegen, Kinder, Hitze, Islamisten schon auf der Lauer vor den Treppenhäusern.
Moussa setzt seine schwarze Sonnenbrille auf, nichts sehen, er beschleunigt den Schritt, steigt die Treppe hinauf und sinkt in sein Bett.

So verläuft der Sommer, jeden Abend im *Triangle,* und die Samstage am Strand mit Djelloul. Manchmal nimmt er Maya und Fella mit, die großen Schwestern schämen sich, sie wollen nicht mitgehen, ihr Pech.
Im *Triangle* läuft alles gut jetzt. Moussa schafft es problemlos, wirklich einfach, das Leben, Geld zur Genüge, Parfums, Seidenhemden, todschicke Modenschauen, Jazzkonzerte im Saal Ibn Zeydoun.
Die gesellschaftliche Stellung verpflichtet, Moussa lässt sich regelmäßig in den besten Restaurants von *Ryadh El Feth* blicken, salut, ja, ich bin es, im Schaufenster. Er kennt langsam viele Leute, Noble mit Klasse, Angehörige der Machthaber, viel Kohle, sehr sehr langer Arm.
Djelloul hat ihm sogar gesagt, dass er auf diese Weise bald eine Wohnung bekommen wird. Pst, pst, hat Moussa geantwortet, warte noch ein bisschen.
Vergangene Woche hat ein Journalist einen ausgezeichneten Artikel über ihn geschrieben, eine ganze Seite im *Nouvel Hébdo,* seriös: „nicht zu vergleichen mit Takfarinas", endlich richtige Journalisten!

August, vierzig Grad im Schatten, die Siedlung *Sonne und Meer* unter dem Bratrost, Wasser abgestellt, Mülltonnen, Kinder, Kakerlaken, Mangel an Allem, Islamisten, zum die Wände hinaufgehen vor Wut.

Moussa verschließt sein Herz, die Sinne, nichts mehr berührt ihn, soll sich doch jeder selber in den Arsch ficken.

Ist das deutlich genug?

Eines Abends sucht Moussa seinen kleinen Elvis-Presley-Spiegel. Im Wohnzimmer plärrt das algerische Fernsehen.

Die Nachrichten, auf der Suche nach seinem Spiegel, hört Moussa mit halbem Ohr. „Saddam Hussein ist in Kuwait einmarschiert, Klarmachen zum Gefecht, die westlichen Länder protestieren energisch dagegen …“, was soll das nun wieder?

Es riecht nach Weltkrieg, nukleare Bedrohung, die Bärtigen stacheln zur Hysterie an, Versammlungen, Märsche, hm, das stinkt.

Als er seinen Spiegel gefunden hat, verstopft er sich die Ohren, die Augen, er will nichts wissen, weiterkommen.

Seit Moussa im *Triangle* ist, hat er viele Beziehungen geknüpft, Bill hat ihm sogar den Generaldirektor von *Ryadh El Feth* vorgestellt, Oberst Denoudi, ein gebildeter Mann, sehr vornehm.

Es sitzen immer viele Leute beim Oberst, mächtige Leute, prächtige Frauen, Künstler, Cheb Khaled, Djamal Allam, Safy Boutella. Sie alle haben Moussa beglückwünscht, das muss man anerkennen.

Eines Nachmittags hat Moussa Fatiha mitgenommen, um ihr das *Triangle* zu zeigen. Er hat ihr die Ausrüstung, die Lichtspiele erklärt. Fatiha war entzückt. Als er sie heimlich in der

Halle auf den Hals küsste, sträubte sie sich, mit geröteten Wangen:
- Spinnst du, Méziane? Wenn uns jemand sieht, bist du denn verrückt?
Moussa liebt es, verrückt zu werden.
Als sie das *Triangle* verlassen, treffen sie Bill und seine Freundin Yasmine, reizende Brünette, Engelsgesicht, sie arbeitet beim Rundfunk, französischer Sender.
Bill lädt sie zu einem Drink ein, Terrasse des *Épi d'Or*. Abdallah, der Bassist, lädt sich gähnend ein, sehr schlecht geschlafen. Mit schwerer Zunge spricht er zu Moussa, irgendein Produzent, ein Typ von *Bab el Oued*, ist an Moussa interessiert, möchte ihn treffen. Aber muss bis September warten, der Produzent ist momentan in Spanien. Abdallah gibt ihm Namen und Adresse und nimmt einen doppelten Kaffee.
Produzent?
Moussa bebt insgeheim vor Freude, Yasmine und Bill heben ihre Gläser, Glückwünsche.
Die Kirsche auf dem Kuchen, das ist genau das, was ihm noch fehlte. Mit halbgeschlossenen Augen fixiert er einen Punkt im Leeren und streichelt zärtlich Fatihas Haare.
Moussa, der Löwe, atmet tief ein.
Nein, sich nicht zufrieden geben, noch nicht, wenn du erst Konzerte vor 40.000 Zuhörern gibst, dann ja, dann kannst du sagen …
Und dennoch, das passiert anderswo, in Europa, den Vereinigten Staaten, ja, das spricht dann wirklich von Klasse, wenn man deinen Kopf überall sieht, Fernseher, T-Shirts, wenn du Video-Clips machst, dann kannst du wirklich zu sagen beginnen: Meine Herren, guten Tag.

Aber tief in seinem Innern ist Moussa dennoch zufrieden, zumindest ein wenig …

Der September kommt, das erste Laub fällt, es ist noch warm, die Strände sind voll, die wahren Kenner gehen zu den kleinen Buchten.
Überall im Land Streik der Lehrer, der Müllmänner, der Dockarbeiter, der Islamismus erstickt alles.
Man sieht sie jeden Tag im Fernsehen, Abassi Madani und Ali Benhadj, das Ende der Welt, islamischer Staat.
Ende September, Moussa beschließt, den Produzenten anzurufen, er heißt Lahbib, Verabredung in *Bab El Oued* um 18 Uhr.
Djelloul setzt ihn mit dem Renault 4L beim *Port Saïd* Platz ab. Während der ganzen Fahrt stottert der Motor, starker Benzingeruch, muss die Kurbelwelle ersetzen, scheint, dass sie auf dem Schwarzmarkt in *Saint-Eugène* welche verkaufen.
Moussa läuft den Boulevard am Meer entlang, am Ende die große Ketchaoua-Moschee zu seiner Rechten. Er dreht nach links ab, die Vororte, *Bab Azoun*, Straßen mit Bogengängen mit Karyatiden.
Place des Martyrs, die untere Kasbah. Beim ehemaligen Kaffeehaus *Malakoff* kommt er heraus, der *Cotton Club* der algerischen Nachkriegs-Musik. Aus purer Neugier nähert er sich, eine alte Tafel existiert noch: „*Café Hôtel Restaurant du Duc de Malakoff*“. Wie prächtig das wohl gewesen sein muss? Schöne Frauen mit Sonnenschirmen, Herren in Zylindern, Schwalbenschwänzen …
Heute: Leichtbaustein, Zitronensaft, Fliegen, Ruinen …

Den Schritt beschleunigend, findet er sich in *Bab El Oued* wieder. Unglaublich, wie sich das verändert hat. Mülleimer, Kinder, Bärte, Kamis, wie ganz Algerien, nationales Standardformat.

Hinter den *Trois Horloges* sucht Moussa ein Kassettengeschäft, *Edition Pacific*. Lahbib produziert die meisten der heutigen großen Hits: Raï, kabylischer Stil, alles, vorausgesetzt, es läuft.

Der Kassierer sagt ihm, dass Lahbib im Kaffeehaus an der Ecke ist. Moussa steuert darauf zu, Abfall am Boden, Kinder, die darin wühlen, Gandouras, Bärte, Kamis, Schlappen.

Koranverse, Rückkopplung, Lautsprecher der Moschee Essounna, gleich dahinter.

Düsteres Kaffeehaus, Fliegen auf den deckellosen Zuckerdosen aus Plastik. Altes zerrissenes Poster, Fußballmannschaft, die Nationalmannschaft von einst, die glorreiche, Weltmeisterschaft 1982, Merzekane, Assad, Madjer, Belloumi, 2:1 gegen Deutschland.

Der Kellner zeigt ihm Lahbib von hinten, an einem Tisch mit zwei Typen, andeutungsweise Islamisten. Klebrige Hitze, Lahbib ist klein, rundlich und glatzköpfig, dicker Schnurrbart, das Hemd über einer schweren Goldkette geöffnet. Er erkennt Moussa und lädt ihn mit einer Geste an seinen Tisch ein.

Lahbib trägt Schlappen, er schneidet sich die Zehennägel am linken Fuß:

- Und, wie geht's? Abdallah hat dir von mir erzählen müssen, ich habe dich einmal im *Triangle* singen gesehen. Junge, was für eine Stimme! Keine Sorge, Lahbib wird sich um dich kümmern. Du hast eine großartige Karriere vor dir, das ist die Autobahn.

Die beiden Typen stehen auf, es ist Gebetszeit. Lahbib, nun an den Zehennägeln des rechten Fußes:
- Das wird kinderleicht, da bin ich mir sicher. Mit deiner Stimme … Sag mal, komponierst du auch? Hast du eigene Texte?
Moussa, betrübt:
- Nein, aber …
Lahbib, an seinen Wurstfingern schnuppernd:
- Das macht nichts, Onkel Lahbib wird dir einen Komponisten, einen Texter und einen Arrangeur organisieren und hopp ist es erledigt, 5.000 Exemplare zu Beginn zum Testen, danach sehen wir weiter, ok?
Moussa versucht, seine Strategie darzulegen, Miles Davis, Prince usw. Aber Lahbib hat noch nie von Prince gehört, noch von sonst wem …
- … das heißt, etwas Andersartiges …
Lahbib:
- Oh, mein Freund, du bist ja ein Angsthase! Vertraue mir, ich habe eine Nase für solche Dinge. Hör zu, wir sehen uns am Freitag im Studio der Gebrüder Tarki, du nimmst die führende Stimme auf und lässt dann die Profis machen. In einem Monat bist du in der Hitparade von *Local Rock.*
Die bedeutendste Sendung des *Local Rock* Radios, die Messlatte des algerischen Showbusiness. Hitparade, moderne algerische Musik, Madonna auf Arabisch, kabylischer Reggae. Moussa hört sie oft, wie alle Leute aus der Musikbranche, sich auf dem Laufenden halten … Klar, er hat immer davon geträumt, in der Hitparade zu sein …
Lahbib klaut ihm eine Zigarette:
- Ok, machen wir es so? Entspanne dich, du hast eine gute Stimme, eine hübsche Visage, das ist alles, was zählt …

Der Kellner an der Theke sucht einen Sender auf einem knackenden Radio.
Moussa hält sich ein Ohr zu:
- Das heißt … ich wollte bloß … nicht wie alle andern …
Lahbib, sich den Wanst kratzend:
- Was, traust du mir nicht?
Der Kellner hat seinen Sender gefunden, ägyptischer Gesang, Farid El Atrache? Abdelhalim Hafez?
Unmöglich, es herauszufinden, dermaßen kratzt es.
Moussa korrigiert:
- Mein Respekt! Nein, nein, du bist sehr bekannt im Geschäft, Lahbib. Entschuldige mich, ich weiß nicht genau, wie das geht. Klar vertraue ich dir, aber ich mag eben Qualitätsarbeit …
Lahbib, den Zucker in der Tasse mit dem Feuerzeug umrührend:
- Das ist mein Business, du singst und dann lässt du Lahbibs Goldfinger die Kontrolle übernehmen, ok? Wird schon gut gehen, schöner Junge…
- Wegen des Titels, ich habe gedacht *Zombretto,* das ist …
- Ach ja, warum nicht? *Zombretto?* Ha, du bist ein ganz Spezieller. Aber zerbrich dir nicht zu sehr den Kopf, ok? Lass Lahbib machen.

Moussa kehrt hin und her gerissen in die Siedlung *Sonne und Meer* zurück, erfüllt von Träumen. Als er gerade zur Siedlung hinauf will, Gehupe, es ist Djelloul, Moussa steigt ein. Djelloul isst ein Sandwich während der Fahrt. Moussa überprüft seine Kleidung im kleinen Elvis-Presley-Spiegel und erzählt ihm vom Produzenten, Aufnahmen am Freitag,

Studio, *Local Rock*. Djelloul hört auf zu kauen und schreit vor Freude, es ist soweit, verflixt, du hast es geschafft!

Zu Hause angekommen ruft er Rachid an, erzählt ihm davon. Rachid schlägt sofort eine Handlungsstrategie vor, Arbeitssitzung mit den besten Musikern von Algier, Leitung der Arrangements, Mischen, das Verfeinern der Texte, das Cover, einfach alles. Und die Poster, wo aufhängen, ein Banner darauf: „*Zombretto:* das neue Album", auch wenn es bloß das Erste ist, die Leute wissen das ja nicht.
Das ist Rachid, wie er leibt und lebt.
Als er das Telefon auflegt, tanzt Moussa vor Freude, er nimmt Maya in den Arm und wirft sie hoch in die Luft. Oma, die im Korridor vorbeikommt, schaut ihn missbilligend an, ist nicht normal, die Freude so auszudrücken.

Dieselbe Freude wie beim Fußballspiel vor 20 Jahren, als ich als Nachwuchsspieler beim NAHD aufgenommen wurde, ausgebildeter Mittelstürmer. Ja, dieselbe leuchtende, außergewöhnliche Freude. Eine Menge Gerüche anderer Orte, anderer Zeiten. Mein erstes offizielles Fußballspiel, Stollenschuhe, blau-weiß gestreifte Socken, blaue Sporthose, blauweißes Leibchen mit der Nummer zehn auf dem Rücken.
Zhor hatte am Vorabend alles gebügelt, ich konnte kein Auge zutun in der Nacht. Am nächsten Morgen hatte mich Mohand zum Club begleitet, die Funktionäre, die Spieler, die Fans, die Busse mit laufenden Motoren. Das war im Stadion *El Annasser*, gegen das gefürchtete Team *Mouloudia* von Algier. Ich hatte ein Tor erzielt, das einzige im ganzen Spiel, der Trainer hatte mich auf seinen Schultern getragen, eine Runde durch das Stadion unter rauschendem Beifall.

In den darauffolgenden Tagen hängen Moussa und Rachid selber Plakate auf, Klebestreifen, Schere, ganz nach dem Aktionsplan. Überall, auf Mauern, Schaufensterscheiben von Kassettenläden, Buchhandlungen, Teehäusern, bei der Hochschule der Künste. Insgesamt über 400 Poster.
Im *Triangle* kündigt Moussa die Neuigkeit seinen Kumpeln, den Musikern, an, alle freuen sich für ihn, bravo Moussa, du wirst es weit bringen, eine Runde Drinks!
Lange Diskussionen mit Bill, Ratschläge, Tonaufnahme, Phasenumkehrungen, aufpassen, Tonmischung immer frühmorgens, nüchtern, ohne Alkohol und Shit, keinen Mist machen.
Während seines Konzerts explodiert Moussa, Berber-Leopard, er springt auf der Bühne in die Luft, die Lichter, die Musik, das Leben. Moussa MASSY, der Bombenerfolg, aufgedrehte Gäste, er wiederholt den Refrain zum fünfzehnten Mal, sie in die Knie zwingen, es ihnen zeigen.
In einer Ecke der Bar sitzt Bill und genießt es kopfnickend, Moussa ist außer Rand und Band, als er ihm in die Augen schaut: So etwas nennt man Triumph!

Ein paar Tage später ist er zu einer Vernissage in der Galerie Frantz Fanon in *Ryadh El Feth* eingeladen. Der Maler heißt Ferhat und beginnt langsam bekannt zu werden, Artikel in der Presse, Sendungen im Fernsehen.
Moussa sagt sich, dass er nie im algerischen Fernsehen kommen wird, aus dem einfachen Grund, weil er kein Arabisch spricht.
Zumindest nicht jenes Arabisch aus Koran-Beton, das Offizielle, Geschraubte, seiner Kultur fremde.

Das Arabisch, das auf der Straße gesprochen wird, kein Problem, Moussa kann damit jonglieren, der Chaabi, die Kasbah, Arbeiterviertel, da ist er in seinem Element.
Aber dieses Fernseh-Arabisch der Staatsmacht ... das ist nicht das Gleiche. Derselbe Unterschied, ohne zu übertreiben, wie zwischen Vulgärlatein und dem Französisch von heute.
Kurz vor 16 Uhr, die Galerie ist voller Leute, Intellektuelle, Künstler, Kritiker, viele Girls.
Es ist gut, Zivilisation bedeutet, dass Typen und Girls sich gemeinsam weiter entwickeln, ganz einfach, ohne allzu viel ...
Moussa kennt ein paar Gesichter. Ferhat kommt auf ihn zu und stellt ihm die Typen des RCD vor, eine ganz neue politische Partei. Moussa gefällt sie. Vor allem ihr Leader Saïd Saâdi, das ist ein Echter.
Berber-Stimmung im Saal, gleichzeitig Ausstellung von Schmuck, Berber-Büchern, sogar Oberst Denoudi ist da, umgeben von seinem flatterhaften Hofstaat.
Nachdem Moussa die Bilder angeschaut hat, langweilt er sich bald, hat nichts verstanden, ist überhaupt nicht sein Ding, das Abstrakte, er zieht Landschaften vor, moderne Poster.

Fehrat schleppt ihn mit zwei Freunden zu *Yoyo*, gleich nebenan, auf einen Drink.
Die beiden Freunde, Aomar und Mokrane, sind Professoren an der Universität, linke Berberisten.
Ferhat lädt ein, vier Bier:
- Gesundheit!
Mokrane hebt seinen Humpen:

- Auf unsere tausendjährige, durch den arabischen Imperialismus verhöhnte Zivilisation!
Schon geht's los, Moussa konzentriert sich auf sein Bier.
Mokrane fährt fort:
- Wir sind die Sioux von Algerien, die Kurden des Maghrebs, die Iren der arabischen Welt, eingepfercht ohne Recht auf Kultur. Verdammt, wenn du bedenkst, dass wir Berber vor allen anderen da waren …
Das stimmt, Moussa pflichtet stillschweigend bei.
Ferhat relativiert:
- Ja, aber man darf das nicht allzu streng sehen, es gibt auch geostrategische Wahrheiten.
- Was? Wer ist streng? Sie sind es, die Araber! Sie sagen: Strengstens verboten. Sie brauchen uns nur unser Land zu geben, das Blut unserer Vorfahren …
- Damit bin ich nicht einverstanden, ich bin nicht für die Sezession, zu vieles in einem Topf.
- Ja, aber es gibt Nuancen, ohne gleich zur Sezession zu schreiten. Die Regionalisierung, die Föderation, schau mal die Schweiz, die Vereinigten Staaten …
Aomar, an seinem Glas nippend:
- Also, ich bin für die Sezession! Nichts mit diesen Ratten von Arabern zu tun haben, das ist Scheiße …
Ferhat:
- Das nennt man Rassismus …
Mokrane:
- Was? Warte, warte. Schau mir in die Augen und sag mir ehrlich, Ferhat: Hast du etwas mit einem Araber gemeinsam? Mit einem Islamisten?
- Wenn du es so darstellst, das ist … aber es gibt die Geschichte. Und zudem sind wir vor allem Algerier, oder nicht?

Aomar, eine Olive zwischen den Fingern:
- Man darf nicht alles vermischen. Es stimmt, wir sind Algerier, das Problem liegt nicht darin. Aber was will das eigentlich heißen, Algerier sein? Araber? Also nein! Weil niemand, weder Ben Bella noch Boumedienne, noch Chadli den Sonderfall Berber als Grundbestandteil der nationalen Persönlichkeit anerkannt haben, niemand!
Mokrane, streng:
- Algerien ist eine arabisch-muslimische Nation, das steht doch in dieser verdammten Verfassung, oder? Sie haben alle das Berbertum geleugnet. Für die ist es bloß ein kleiner lokaler Dialekt, Handwerk, Folklore. Was denkt unser Bruder darüber?
Alle drehen sich zu Moussa um:
- Ähm ... was die Musik betrifft, gibt es nicht allzu viele Probleme, aber ...
Ferhat:
- Er hat Recht, tatsächlich ist es der Musik zu verdanken, dass die Sache der Berber in der ganzen Welt Gehör gefunden hat. Dank Idir vor allem.
Alle sind damit einverstanden, ja dank Idir, in den 70er Jahren.
Mokrane, seine Wut ist verraucht:
- Sie haben uns jedes Mal ins Gefängnis geworfen, wenn wir ihnen gesagt haben, schaut uns an. Jetzt werden wir uns ganz alleine helfen. Wir werden die Bilder der großen Berber wie Augustinus von Hippo, Lucius Apuleius, Septimius Severus hervorholen ...
Ferhat, auf Moussa zeigend:
- Und Massinissa ...

Moussa errötet vor Vergnügen, Aomar legt ihm die Hand auf die Schulter:
- Oh ja, MASSY, das ist ein Name! Das ist wie ein Schutzschild, weißt du, uns bleibt nur die Kultur … wir zählen auf dich, auf alle Künstler, ihr seid unser fruchtbarstes Land.
Moussa fühlt sich einer schweren Aufgabe verpflichtet, es stimmt, er ist Berber, aber nicht … Berberist, weil die Politik … sich nicht zu sehr einmischen, das erinnert ihn an Sahnouns Geschichte, so wurde er zum Autisten.
Aber im Grunde genommen haben sie Recht, weshalb die Kabylen immer hinten runter fallen …

An einem Freitagnachmittag setzt Djelloul Moussa in *Kouba* ab, in dem Studio der Gebrüder Tarki, in der Garage einer großen Villa. Lahbib ist mit den beiden Brüdern dabei, ein von Lahbib produziertes Stück Raï zu mischen.
Moussa setzt sich in eine Ecke und beobachtet die Arbeit, das Zubehör, die Synthesizer, die blinkenden Lichter. Ja, wenn du erst beim Studio angelangt bist, ist es etwas anderes, ein neues Kapitel, das ist der richtige Test, du vervielfachst dich, das große Publikum.
Zehn Minuten später ist Moussa an der Reihe. Lahbib gibt ihm auf ein altes Spiralheft gekritzelte Texte. Einer der Brüder Tarki trällert ihm die Melodien vor und begleitet sich auf der Gitarre.
Moussa findet es nicht toll, es klingt ungehobelt, überhaupt nicht wie er …
Lahbib beschwatzt ihn, das ist nichts, du wirst sehen, nach dem Mischen wirst du dich nicht wiedererkennen, der Widerhall, die Effekte. Die Gebrüder Tarki pflichten ihm bei. Aber Moussa begehrt auf, er besteht darauf, einen seiner

Titel aufzunehmen, seine eigene Reggae-Version von *Avava Inouva* von Idir. Das ist neu, niemand vor ihm hat das je gemacht.
Ok, sie gestehen ihm den Titel zu, warum nicht, ja, das ist neu, muss man zugeben.
Stimmprobe, Kopfhörer, Schlagzeug vom Band, Moussa möchte unbegleitet singen.
Lahbib:
- Sieben Stücke in zwei Stunden, das ist alles, was wir an Zeit zur Verfügung haben, mein Süßer.
Moussa weigert sich, legt den Kopfhörer beiseite, er will zuerst die Stücke ganz allein bearbeiten, die Texte lernen, die Melodie: Sieben Stücke in zwei Stunden, sonst geht's dir noch gut?
Lahbib tobt:
- Hör mal gut zu, willst du mich verarschen oder was? Ich habe das Studio extra reserviert, das ist Kohle, Mann!
Einer der Brüder Tarki beruhigt ihn:
- Ok, lass ihn, Lahbib, er hat Recht. Ich werde ihm die Melodien auf eine Kassette aufnehmen und morgen machen wir es nochmals. Ohne Aufpreis, das ist versprochen, geht auf unsere Rechnung.
Lahbib bedankt sich, Moussa auch, so ist es besser.
Verabredung morgen um dieselbe Zeit.
Mit der Kassette in der Hosentasche saust Moussa leichten Herzens nach Hause. Er springt während des Treppensteigens in die Höhe, die Kinder schauen verdutzt drein.
Im Kopf vor sich hin singend, tritt er in sein Zimmer, Sahnoun ist immer noch in seinen Krimi vertieft.
Heute ist sein freier Tag im *Triangle*, Moussa nimmt seine Mandola, den Walkman und Shit und geht zum Hinteraus-

gang des Wohnblocks hinaus, gegenüber der Bucht. Hinter ihm die Mülleimer.
Die ganze Nacht Joints, zurückspulen, die Takte zählen, die Melodien und die sehr simplen Texte lernen. Er versucht, sie zu verschönern, Varianten zu finden, der Sache Volumen zu geben. Nach drei Stunden Arbeit beginnt es Gestalt anzunehmen.
Er wiederholt die sieben Stücke hintereinander ohne anzuhalten, als ob er im Studio wäre.
Er hat Spaß daran, findet sogar die Überleitungen, Ideen tanzen in seinem Kopf herum, raffinierte Geistesblitze, sie den anderen vorschlagen, sie überzeugen.
Die Nacht ist voller Sterne, es riecht nach Jod, das Meer gegenüber. Moussa dreht sich um, um ihn im Kreis herum rund zwanzig Müll-Kinder, ihre Augen glänzen im Dunkeln.
Sie haben Moussa die ganze Zeit zugehört, während er, mit seinem Kopfhörer auf den Ohren, krähte.
Bart, Kamis, Spartacus steht auf und applaudiert, er bittet ihn schüchtern um ein Lied. *El Herraz* von Guerrouabi. Bohémien in der Seele stimmt Moussa diese alte algerische Ballade, voller Jasmin und Magie, Zauberkraft und schöner Frauen an.

Erinnerungen an die gute alte Zeit, der Algerienkrieg, die 60er Jahre in schwarz-weiß, die Fußballspiele zwischen den Gymnasien, erste Verliebtheit als fünfzehnjähriger, Töchter französischer Entwicklungshelfer, blond, Sommersprossen, in den würzigen Nächten des Ramadans, Minze und Kreuzkümmel, ach ja, die gute alte Zeit.
Das lässt mich an Mouloud, den großen Bruder, denken, gestorben auf dem Feld der Ehre, muss in jener Zeit acht-

zehn Jahre alt gewesen sein, schönes Alter, muss gut gelebt haben, verdammt, er, die Vespas, die Partys mit den Pieds Noirs, Krevetten essen in *Fort-de-l'Eau*, Anisette auf der Terrasse des *Coq Hardi* nach der Rückkehr vom Strand.
All das ist verschwunden, habe Fotos von ihm aus dieser Zeit gesehen, ein richtiger Don Juan, weiße Schuhe, taillierte Hose, feiner Schnurrbart, gegeltes Haar, muss Riesenerfolg gehabt haben bei den Bällen, das Orangenfest in *Boufarik*, das Kirschenfest in *Miliana*.
Jetzt gibt es keine Orangen mehr, keine Kirschen mehr.
Eine Plage ist über Algerien hereingebrochen, etwas ist für immer zerbrochen.

Seufzend steht Moussa auf, trotz Drängen seines Publikums, er verlässt sie und grüßt sie dabei mit seiner Mandola. Das Herz voll süßer Nostalgie streicht er an den Mauern entlang, steigt zu sich hoch und schläft ein, die 60er Jahre im Kopf.

Am nächsten Tag zu derselben Zeit ist er bei den Gebrüdern Tarki, Lahbib ist dort, rote Nase, sieht erkältet aus. Begrüßung, kleiner Kaffee, Moussa erläutert sein Anliegen, Lahbib nießt ihm auf das Hemd:
- Entschuldige, ich habe mir eine Erkältung eingefangen, habe mit nacktem Oberkörper geschlafen gestern Abend, Zugluft.
Moussa wischt sein Hemd ab:
- Macht nichts, ok, können wir beginnen?
Die Gebrüder Tarki richten das Zubehör ein, Mikrofon-Test, sehr gut, wir können starten.

Schlagzeug im Kopfhörer, Moussa stimmt an, ok, vorwärts, Metronom, zwei Leertakte. Außer dem ersten Stück beendet er eines nach dem anderen beim ersten Versuch, er lässt sogar einige der Nuancen einfließen, die er am Vorabend erarbeitet hat.

Am Schluss sind sie verblüfft, einer der Gebrüder Tarki:

- Hut ab, mein Alter! Beim ersten Anlauf, selten so etwas gesehen, du wirst es weit bringen!

Zwischen zwei Nießern reibt sich Lahbib die Hände und klaut Moussa eine Zigarette:

- In einer Woche sind wir soweit. Ich wusste es von Anfang an, als ich dich singen hörte. Du wirst der größte Star Algiers werden. Gut, jetzt, wo deine Stimme aufgenommen ist, lass uns nur machen, ich werde dich anrufen, wenn alles erledigt ist.

- Und die Musiker, wer sind sie? Ich kenne Leute, die …

Lahbib, freundlich:

- Mach dir keine Sorgen, hab ich gesagt. Oh, du bist eine Nervensäge! Wir werden aber auf jeden Fall das Master-Tape miteinander anhören, sobald es bereit ist, und wenn es dir nicht gefällt, ändern wir es, kein Problem. Ist das gut so?

- Moussa zieht lächelnd die Augenbrauen hoch:

- Einverstanden, aber weißt du, ich sage das, weil ich will, dass wir ein gutes Produkt herausbringen, das ist gut für uns alle.

Lahbib tut, als ob er einverstanden wäre und klaut ihm eine weitere Zigarette. Die Gebrüder Tarki nicken. Ok, theoretisch zumindest. Sie spulen das Band zurück.

Moussa wagt es, die heikle Frage des Vertrages anzuschneiden. Lahbib schnäuzt sich kräftig und bricht in Gelächter aus:

- Warte erst mal ab, bis es soweit ist! Was die Kohle betrifft, ist es einfach: 10.000 Kröten Pauschale bei der ersten Auflage, nachher machen wir fifty-fifty bei den Tantiemen, ist das ok für dich?
Moussa weiß nicht mehr so Recht, er möchte ihm sagen, dass nicht das Geld alleine zählt, sondern …
Also, ciao, er verlässt die Villa.
Er nimmt ein Taxi und fährt zur Siedlung zurück. Gutes Geschäft, trotz allem. Vielleicht können wir etwas aus dieser Kassette herausholen, mit Rachid und den anderen.
Das Taxi setzt ihn bei *Bouhar* ab, lange Warteschlange für Brot. Den Kopf voller Töne, Farben, durchquert Moussa die Schlange, steigt über Kinder und Urinlachen hinweg. Er geht Richtung Treppenhaus, die Mauern, Graffiti-Palimpseste, FIS, Love, Kanada, Australien.
Auf der Treppe hört er schon Farid Gitarrensoli spielen, Mustapha Akkorde auf dem Klavier anschlagen, Karim zu einem Charleston swingen. Etwas zwischen Miles Davis und Prince.
Für die endgültige Tonmischung Bill fragen, ob er frei ist, oh ja, gute Idee. Moussa stellt sich schon das Layout für das Cover vor, mit Rachid, der wie immer pingelig ist bei den Details, den Farbabstufungen, der Typografie, dem Drucker, Massy eher nach rechts, da: perfekt …
Moussa sieht Rachid auch eine Pressekonferenz leiten, Poster, Kassetten an Ständen mit MASSY in riesiger Schrift, bedruckte T-Shirts, da ist jemand, der das gut macht in *El Harrach*.
Guter, alter Rachid.

III

Seit mehreren Monaten erschüttert ein Riesenskandal das Land, der Sohn des Präsidenten der Republik, düstere Geschichte über Devisenschmuggel, Unterschlagung von Geldern.
Das alles hat sich in *Ryadh El Feth* ereignet, Verhaftung von Mitgliedern eines großen Korruption-Netzwerkes, Bosse in Handschellen.
Alles vermischt sich, Sohn des Präsidenten, Chef des *Grill Rooms*, Kaderleute der Außenhandelsbank Algeriens, Behörden von *Ryadh El Feth*, es ist von über achtzig Milliarden Veruntreuung die Rede.
Das Ereignis ist auf den Titelseiten aller Zeitungen, allgemeiner Aufschrei durch ganz Algerien, Tankstellenstreik, der FIS packt die Gelegenheit beim Schopf, *Allahu Akbar,* Poststreik, Razzia, Ärztestreik, göttliche Gerechtigkeit, Pilotenstreik bei der Algerischen Luftfahrtgesellschaft, Demonstrationen, Streik der Bäcker, Köpfe werden gefordert, *Allahu Akbar*, Pulvergeruch.
Geruch von Pulver und Mülleimern.
Wie immer schwenkt der Premierminister die altbekannte Karte des internationalen Komplotts, Israel, Frankreich, der CIA, der Iran, alles wie zuvor.
Ergreifende Paranoia, Moussa lächelt, kennt den Refrain auswendig, 30 Jahre FLN, wem erzählst du das: Die ganze Welt ist dabei, ein Komplott gegen unser edles und unbesiegbares Land zu schmieden, internationale Eifersucht, wir haben Beweise, wir werden sie zu gegebener Zeit auf den Tisch legen.

Wem sagst du das?
Die ganz neuen Parteien greifen schonungslos die Regierung an. Die ganz neuen Zeitungen auch.
Von offizieller Seite Funkstille, vielfache Gerüchte werden verbreitet und werden konkret: „Es scheint, dass der Präsident mit dem FIS unter einer Decke steckt."
Die absurdesten Gerüchte zirkulieren, Morde, Staatsstreich, Widerstandsbewegung. In Bars, Moscheen, Friseursalons, maurischen Bädern wird nur noch davon gesprochen, achtzig Milliarden, der Sohn des Präsidenten, der FIS, Bürgerkrieg.
Moussa erstickt, den Kurs halten, seine Seifenblase verteidigen.
Die Karten werden neu verteilt in *Ryadh El Feth*, Oberst Denoudi wurde vor Monaten gefeuert, durch einen FLN-Geschäftsführer ersetzt, Vorzeige-Handlanger, keine öffentlichen Vorstellungen mehr, nichts mehr.
Die Farben werden grau, es ist verboten, schön zu sein, Format zu haben. Der allgemeine FLN-Tenor nimmt seinen legendären Platz ein: violette Gesichtsfarbe, Schnurrbärte wie Libyer, Kautabak, Baskenmütze, Burnus, das „r" rollen.
Leitungswechsel auch im *Triangle*, notorische Gauner, die neuen Bosse drücken dort bald ihren klebrigen Stempel auf. Die Kundschaft wird sichtbar schlechter, Bushaltestellen-Huren, Tingeltangel-Ganoven, Bill spricht ernsthaft vom Weggehen.
Erste Schlägereien im *Triangle*, Moussa sieht, wie einer der neuen Bosse einen Gast mit einem Kopfstoß bewusstlos schlägt, vor allen Leuten, Blut auf dem Teppich, Geschrei der Mädchen in Abendkleidern.

Moussa kaut je länger je mehr an den Fingernägeln. Eine brennende Frage wühlt ihn auf in jenen Tagen: Ist das das Ende des Anfangs oder der Anfang des Endes?
Jeden Abend in seiner vierzehn-in-drei-Zimmer-Wohnung zur Wand hin gewandt dem Schlaf nachjagen.

Seit vierzehn Tagen erwartet Moussa einen Telefonanruf von Lahbib. Kein Zeichen, ich mag das nicht, was der wohl fabriziert?
An einem Nachmittag gegen 17 Uhr begegnet Moussa Spartacus in der Siedlung:
- Bravo, Moussa, ich habe dich im Radio gehört gestern. Meinen Glückwunsch, du bist jetzt ein großer Star!
Moussa:
- Wo, im Radio? Ich bin nicht im Radio gespielt worden!
Spartacus, in seinen Bart lächelnd, ganz zufrieden:
- Doch, doch, ich habe dich gehört. Sie haben dein neues Stück auf *Local Rock* gespielt, hör gegen 6 Uhr da rein, die bringen es bestimmt wieder.
Neugierig rast Moussa nach Hause und schaltet das Radio ein, *Local Rock* geht in fünf Minuten auf Sendung.
Die Nerven blank liegend, gießt er sich einen Kaffee ein, richtet er sich in seinem Zimmer ein und zündet einen Glimmstängel an, brennend vor Ungeduld.
Sahnoun ist in seinen Krimi vertieft.
Ryma, die Starmoderatorin kündigt die Sendung an, Jingles, Hitparade „auf dem fünfzehnten Platz eine neue Stimme, MASSY … um zu wählen, ruft an unter …“
Verblüfft hört sich Moussa im Radio singen, das darf doch nicht wahr sein!
Dieser Schweinehund Lahbib!

Er erkennt kaum seine Stimme, erstickt unter einer Ladung Widerhall, mechanischer Drumsynthesizer, wie ein Spielzeug.
Das darf doch nicht wahr sein!
Mit Tränen in den Augen ruft er Rachid an, der die Sendung soeben auch gehört hat. Er versichert Moussa, Lahbib vor Gericht zu bringen, ihm einen Anwalt auf den Arsch zu hetzen, die Presse gegen ihn aufbringen.
Kleiner Rundgang durch die Siedlung, die Wirkung sehen, alle finden es super. Die Schwestern, Djelloul ...
Auch am Abend im *Triangle*, die Musiker haben Radio gehört, allgemeine Meinung: Echt nicht schlecht.
Aber Moussa weiß ganz genau, dass es eine unbeschreibliche Scheiße ist.
Am darauffolgenden Tag eilt er nach *Bab El Oued* zu Lahbibs Kassettengeschäft. Der junge Verkäufer in Drachenhemd und mit islamistischem Bärtchen sagt ihm, dass Lahbib im Lager hinter dem Geschäft ist. Moussa begibt sich dorthin und findet in einer Ecke Lahbib mit drei Islamisten beim Zählen von Kartons mit Korankassetten, Predigten von Ali Benhadj.
Lahbib, skrupellos, Geschäft ist Geschäft.
Rechenmaschine in der Hand, Lahbib erblickt Moussa:
- Ach, du bist es! Ich wollte dich gerade anrufen, ich habe keine Zeit gehabt, die Steuern sind mir dazwischen gekommen. Aber ich habe einen Song im *Local Rock* platziert, der läuft in diesen Tagen. Hast du ihn gehört, nicht schlecht, oder?
Moussa, vor den Islamisten:
- Das ist Scheiße, du Schweinekerl!

Er stürzt sich auf Lahbib, die Islamisten beruhigen ihn, im Namen Gottes, verflucht sei Satan.
Lahbib, schweißüberströmt:
- Reg dich nicht auf, ich habe denen bloß ein Stück gegeben. Wir haben die Kassetten noch nicht überspielen können, das ist bloß, um das Terrain zu sondieren. Übrigens wollte ich dich treffen, da, nimm diesen Vorschuss.
Er gibt ihm ein schmutziges Bündel 1.000-Dinar-Scheine, das er nur mit Mühe aus seiner hinteren Hosentasche ziehen kann.
Moussa nimmt es und verlangt einen formgerechten Vertrag, ein klares Fälligkeitsverzeichnis für das, was noch offen ist, hör bitte auf Scheiße zu bauen! Lahbib sagt ok, muss das mit meinem Anwalt prüfen, in einer Woche.
- Die Tonmischung muss auch neu gemacht werden, das ist nichts! Ich werde meine Musiker mitbringen, meinen Techniker. Alles wiederholen, unmöglich, dass das so rauskommt.
Lahbib wischt sich seine klebrigen Hände am Hemd ab und beruhigt ihn:
- Ja, keine Sorge, wir machen es, wie du willst, beruhige dich. Verdammt, du bist wirklich kompliziert!
Moussa verlässt ihn und schlendert in *Bab El Oued* umher. Es sieht aus wie Kabul, Peschawar, die Dritte Welt, wie im Fernsehen, das ist verrückt …
Aber wo ist denn das richtige *Bab El Oued* geblieben? Die richtigen Kinder vom richtigen Schlag? Die algerischen Goldklumpen?
Ach ja, „von *Oued* bleiben bloß die Kieselsteine", kaputt, auf diesem Misthaufen wächst garantiert nichts mehr.
Unten das Schwimmbad *El Kettani*, ehemalige Hochburg der reichen Kinder Algiers, schön gebräunt, glänzende Goldket-

ten, fruchtiges Lächeln der Girls, geblümte Trikots, gebraten wie gewünscht, du kitzelst mich Razika, hör auf!
Vom Frühling an kamen wir hierher, ins Schwimmbad *El Kettani*, mit dem Sportlehrer des Gymnasiums, die ganze vierte Klasse M2, einmal pro Woche. Die Sprungtürme, *Mohrentanz.* Die ersten Mädchen, platonische Liebe, verstohlene nach Moschus duftende Blicke, Lieder von Adamo, komm, komm, meine Brüüüünettte, Orangensorbets.

In der Zwischenzeit sieht er immer noch heimlich Fatiha, *Bois des Arcades*, Teehäuser. Moussa hat von der Heimlichtuerei die Nase voll und will ein für alle Mal mit Fatihas Eltern sprechen, das kann nicht mehr so weitergehen.
An einem Donnerstagnachmittag entscheidet er, sie anzurufen und ihnen seinen Besuch anzukündigen.
Mit Schlips und Kragen, wie ein perfekter Schwiegersohn, kommt er mit einer Schachtel Kekse in der Hand bei ihnen an. In Festtagsstimmung steigt er behände die Treppe empor, das ist der schönste Tag seines Lebens.
Drittes Stockwerk, er klingelt, Fatihas Mutter öffnet mit säuerlicher Miene, Brille und Schleier vor dem Gesicht, schlägt sie ihm vor, ins Wohnzimmer einzutreten. Im Vorbeigehen scheucht sie die Kinder in ein anderes Zimmer.
Müssen auch zahlreich sein in dieser Wohnung: Acht? Zehn?
Der Vater kommt, Brille, Pantoffeln, Postbeamter im Ruhestand. Moussa spielt den netten Jungen. Die Mutter serviert Kaffee, Kekse, es wird über alles und nichts gesprochen, von der Familie, den steigenden Lebenskosten, der Verknappung, von der Politik.
Es wird kabylisch gesprochen, ganz klar.

Es ist das erste Mal, dass Moussa zu ihnen geht, zu Fatiha, ihre Fährte verfolgt.
Seine Augen wandern im Wohnzimmer umher, Barometer mit Hirschkopf an der Wand, Koranverse über der Eingangstür, Post-Kalender auf dem Kühlschrank.
In wie vielen Nächten hat er schon von Fatiha fantasiert, ihrem Alltag, sich vorgestellt, wie sie ein Bad nimmt, sich die Haare trocknet auf dem Balkon, ihre Lektionen wiederholt für die Klassenarbeiten, wie sie kocht …
Nach einer guten halben Stunde Einleitung lässt Moussa endlich seine verworrene Anfrage heraus, umhüllt von passender Rhetorik, Sprichwörtern, kabylischen Redewendungen:
- Ich flehe Sie um ihren Segen an, im Namen des guten Rufes ihrer Familie, der über die Kabylei, das Land der freien Menschen, hinausreicht, „derjenige der das missachtet, ist verloren“. Meine Vorfahren haben mir ein Herz, einen Arm und eine Zunge vererbt, das ist meine Erde, sie steht zu Ihrer Verfügung. Ich bitte Sie um die Hand von Fatiha, Ihrer Tochter. Ich werde größte Sorge um sie tragen, ich schwöre es. Bald werde ich eine Wohnung haben, ich verspreche ihr eine Zukunft voller Güte und Tugend. Gott ist mein Zeuge.
Rede du nur, die Mutter wirft ihrem Mann von der Seite einen säuerlichen Blick zu:
- Ähm, wir schätzen dich sehr, Méziane, deine Familie hat einen guten Ruf. Aber … für unsere Tochter Fatiha haben wir schon jemanden ausgewählt. Es ist ein Vetter, er ist Ingenieur, er hat eine Wohnung, ein Auto, ein gutes Einkommen. Weißt du, mein Sohn, wer kann heute schon ausreichend die Zukunft seiner Kinder sichern?

Moussa glaubt zu träumen, er kürzt die Konversation ab, steht höflich auf und geht. Eiligst steigt er die Treppen hinunter. Vor dem Treppenhaus versetzt er dem mit Kindern vollen Abfallcontainer einen wütenden Fußtritt.
An jenem Abend läuft es schlecht auf der Bühne im *Triangle*, falsche Töne, Pausen, Bill fragt ihn, was los sei. Moussa entschuldigt sich, nicht gut drauf, das nächste Mal wird er es besser machen. Kaum hat er seinen Auftritt beendet, rennt er in den Jazzclub um sich zuzudröhnen, ein Drink nach dem anderen, ein Joint nach dem anderen.
Beim Morgengrauen kehrt er direkt in die Siedlung zurück, ohne den rituellen *Terminus*.
Gegen die Wand gekehrt weint er, schläft ein, gequält vom riesigen grünen Blick Fatihas, dem Duft ihres Nackens, die prickelnden Erinnerungen.
Am nächsten Tag, gleich nach dem Erwachen, ruft er Fatiha an, um sicher zu sein, dass sie ihn liebt ... das kann doch nicht wahr sein, nach all dieser Zeit, bald sechs Jahre.
Mit erstickter Stimme bestätigt ihm Fatiha:
- Ähm ... ja, Larbi, ein Vetter, er ist Agrar-Ingenieur, meine Eltern haben das entschieden, ich bin verpflichtet ... was soll ich denn machen?
Moussa stottert:
- Aber ... aber ... du ... du ... liebst du mich oder nicht, das ist die Frage?
- Das hat damit nichts zu tun, meine Eltern, hör zu ...
Er, Nägel kauend:
- Wie, das hat damit nichts zu tun? Genau das ist es! Du musst zwischen deinen Eltern und mir entscheiden! Du bist volljährig, verdammt nochmal!
Fatiha, als anständige Tochter:

- Du weißt genau, dass ich nichts gegen meine Eltern machen kann. Ich glaube, wir müssen … uns vergessen, Méziane, obschon ich dich liebe …
Moussa hängt wütend auf, Schluchzen steigt aus seiner Kehle auf, fertig, ciao. Oh, die Frauen, alle dieselben Dreckschlampen.
Als ihn Djelloul abholt, ist Moussa schon betrunken, Flachmänner mit Gin, auf dem Schwarzmarkt gekauft, bei Sid Ali, dem Steward des Viertels. Aus reinem Reflex ergreift er den Joint, den Djelloul ihm hinstreckt und nimmt einen kräftigen Zug, der Blick düster und kriegerisch.
Unterwegs erzählt er Djelloul alles, dass er der heimliche Verehrer von Fatiha ist.
Djelloul tröstet ihn:
- Vergiss sie, verdammt, es gibt haufenweise Frauen auf dieser Welt. Du wirst dich doch deswegen nicht krank machen. Vor allem nicht für eine Tussi, die dich über fünf Jahre hat schmoren lassen …
Aber nein, der kann das nicht verstehen, Fatiha, die schönen Erinnerungen, schillernde Geister, die in seinem Kopf herumtanzen, der Jasmin-Geschmack der Abenddämmerung, der in das Gedächtnis strömt, den Körper.
Nein, der kann das nicht verstehen, ich kann es ihm nicht erklären. Vergessen?
An jenem Abend trinkt und raucht Moussa die ganze Nacht, mit Djelloul und den Musikern im Regieraum versteckt. Bill ist gekommen, um mit ihnen einen Joint zu rauchen, baut keinen Mist, passt auf, ok Bill.
Zudem hat sich das *Triangle* stark verändert, ist verwahrlost, ein Schweinestall geworden, für x-Beliebige, die schillernden Figuren kommen nicht mehr. Bill hat die Schnauze voll, je-

den Abend sagt er, es sei der letzte, Yasmine, seine Freundin kommt schon lange nicht mehr.
Moussa starrt einen Gast an der Bar an, struppiges Haar, Jogging-Jacke, hinten abgelaufene Schuhe, wie Pantoffeln, Visage eines Hühnchenverkäufers in *Baraki*. Noch vor ein paar Monaten hätte er nie im Leben davon geträumt, je seine dreckigen Füße auf den Teppich im *Triangle* zu setzen.
Der Abend geht mit Trinken, Rauchen und Musik weiter. Fatihas Bild zerreißt seine Gedanken, sein Herz ist zusammengeschnürt, die Tränen brennen. Er steht abrupt auf und rennt zur Toilette, wo er sich einschließt.
Dort weint er über sein Leben, schwarzes verbautes Schicksal. Während er seine Tränen trocknet, zündet er sich eine Zigarette an und nimmt zwei große Züge, dann verbrennt er sich, auf die Lippen beißend, heftig den Unterarm.

Lahbib hat noch nicht angerufen, um den Vertrag zu unterzeichnen, klebriger Aal, er flüchtet, schlüpft zwischen den Fingern durch. Moussa brodelt wie ein Vulkan, vor allem seit ihn Fatiha verlassen hat. Ein Raubtier im Käfig, er weiß nicht mehr, wie mit seiner Wut umgehen, die jeden Tag offensichtlicher, jeden Tag verrückter wird.
Eines Tages kommt Nacéra nach der Uni auf ihn zu:
- Méziane, eine Freundin hat mir deine Kassette ausgeliehen. Du hast mir gar nicht gesagt, dass du eine Kassette herausgebracht hast?
Eine Kassette herausgebracht?
Moussa reißt sie ihr aus den Händen, das Cover ist eine totale Scheiße: „Moussa MASSY: der neue Takfarinas". Knallige Farben, verschwommenes Foto, man erkennt ihn kaum, düsterer, grünlicher Hintergrund, Horror ...

Er dreht sie um, *Sonorama Edition*, das ist alles, weder Titel noch Autorenrechte, nichts. Er stürzt sich auf seinen Walkman und legt die Kassette ein:
Unglaublich! Lausiger Ton, die Stücke sind vor dem Ende abgeschnitten, verzerrt. Lust jemanden umzubringen ...
Telefon, Nacéra hebt den Hörer ab, es ist für Moussa, es ist Lahbib, das trifft sich gut, der wird etwas zu hören bekommen.
Sie schreien beide gleichzeitig ins Telefon.
Lahbib erklärt ihm, dass jemand das Mastertape aus dem Studio gestohlen und eine Raubkopie gemacht hat. Aber keine Sorge, die werde ich in den Arsch ficken, Anwälte und all das.
Gleichzeitig schreit ihn Moussa an, dass er das Arschloch sei, Bastard seiner Mutter und dass er ihm die Fresse poliere.
Moussa legt auf, Oma rennt herbei und bittet ihn, sich zu beruhigen.
Taxi, zwanzig Minuten später ist er bei Rachid, den er übelgelaunt vorfindet, mit ausgesprochen angewiderter Miene:
- Verfluchtes Land, Scheißmentalität! Was soll ich dir sagen, Moussa, ich habe die Schnauze gestrichen voll. Farid und Sam sind nach Paris abgehauen, Bill auch mit Yasmine, hier stinkt es, es wird explodieren. Riechst du den Schwefel in der Luft nicht?
Moussa schüttet einen Wodka nach dem anderen hinunter, alles vermischt sich, Fatiha, die ihn verlässt, der FIS, vierzehn in drei Zimmern, Lahbib. Er kaut systematisch, was von seinen Fingernägeln noch übrig geblieben ist, ab:
- Hör zu Rachid, wir probieren etwas anderes, ich werde diese Kassette selber produzieren, ja, mit meiner ganzen

Kohle. Wir machen sie, wie wir sie wollen, diese verdammte Kassette.

Rachid tut, als ob er die CDs aufräumen würde, es sieht aus, als ob er ihm etwas sagen möchte:

- Moussa, ich glaube, es ... es ist etwas anderes, mach die Augen auf. Das Land ist kaputt, der FIS wird die Macht übernehmen, das ist klar. Nichts mehr zu machen hier, nicht mal bei meiner Arbeit, Mangel an Papier, an Material, an allem, keine Möglichkeit mehr zu arbeiten. Lynd ist schon drüben, sie ist in Paris.

- Ach so, in ... den Ferien?

- Nein, Moussa, nicht in den Ferien, sondern um dort zu leben. Wir gehen weg, es ist zu Ende, ich werde ihr Ende des Monats nachreisen.

Moussa, beunruhigt:

- Für ... immer?

- Zumindest für eine gewisse Zeit, glaube ich. Nichts mehr hier zu tun, es ist besser abzuhauen. Übrigens, du solltest auch ernsthaft darüber nachdenken. Das wird arg in die Hose gehen in diesem Land, Algerien wird verrückt.

Moussa kapiert die Nachricht, ein Schlag in die Eier, eisiger Schmerz, komplette Blockade.

Rachid geht weg.

Er spürt plötzlich eine große und schreckliche Leere in sich aufsteigen, wie die Nacht. Rachid geht weg, das heißt, dass es wirklich zu Ende ist, Schluss, Vorhang. Weitergehen.

Traurigen Herzens verlässt Moussa Rachids Wohnung, benommen, sein einziges Bedürfnis: Trinken, trinken, trinken.

Er kreuzt in einer heruntergekommenen Bar auf, Bier, Bier, Bier, Gespräche, FIS, Schwarzmarkt, Bürgerkrieg, Emigrati-

on, Kontakt, Visum, Kanada, Australien, Wasser tritt überall in das sinkende Schiff ein.
Rachid geht weg, guten Abend allerseits, alles ist tatsächlich zu Ende.

Moussa hat nicht zu Rachids Abschiedsparty gehen wollen. Nein, das schmerzt ihn zu sehr, außerdem träfe er dort bestimmt viele Leute, glamouröse, wie immer. War schon einmal dort dabei, das ist nicht mein Umfeld, habe mich nicht wohl gefühlt, habe immer vorgezogen, Rachid alleine zu sehen, oder mit wenigen Leuten, zwei, drei, nicht mehr. Zu angespannt den ganzen Abend.
Zudem geht Rachid wirklich für immer weg, also ...
Moussa ist sehr schüchtern, er zieht es vor, definitiv einen Schnitt zu machen, Wende im Leben, jedem seinen Stern, viel Glück, ja, das ist es, pass auf dich auf.
Am Tag der Abschiedsparty ist Rachid extra in die Siedlung gekommen, um ihn zu holen, nach tausend vergeblichen Telefonanrufen. Moussa hat sich in Djellouls Auto flach auf den Boden gelegt, um sich zu verstecken, Rachid hat ihn nicht gesehen.
Moussa hat nicht einmal die Zeilen lesen wollen, die ihm Rachid hinterlassen hat. Er hat sie vom Balkon geworfen, hat sie in der Luft herumwirbeln und unten in einer Urinlache enden sehen.
Keine Lust auf nichts, Moussa macht im *Triangle* weiter, Autopilot, ein Lied nach dem andern, ohne Herzblut, ohne nichts.
Es hört sowieso niemand mehr zu, brülle, was du willst, Schmugglerbande, vollgestopft mit schnellverdientem Geld,

sich in gepanschtem Whisky und dem Schleim alter Nutten suhlend.

Bill, Rachid, Farid, Sam und all die guten Typen sind weggegangen, das *Triangle* ist düster geworden, anrüchige und faule Machenschaften.
Jeden Abend Schlägereien, Hafen des nationalen Schwarzmarktes, Kohle und Scotch, Wechsel der Klasse. Schau dir das an, schau mal: Da kommt etwas anderes.
Neues Gesindel, im Abfall geboren, das Laster und ... Gott.
Moussa reagiert nicht einmal mehr, ist blind, alles geht kaputt, die Scheinwerfer haben eine Panne, der Verstärker läuft bloß noch auf einer Seite, kaputte Spots, zerrissener Teppich, niemand schert sich darum.

Zum ersten Mal beginnt Moussa mit den Typen aus dem Viertel zu trinken und zu rauchen, Larven, die dazu verdammt sind, sich nie zu häuten.
Sie fühlen sich sehr geehrt, kannst du dir ja vorstellen: Moussa Massy, der Star, der sich herablässt ...
Das passiert oft hinter dem Wohnblock, Ödland, Abfallcontainer. Mit ihnen entdeckt er das 6.15, Amphetamin-Tabletten der Elendsviertel, sehr geschätzt von den kaputten Jungen.
Das 6.15 verzerrt dir die Sinne, Wahrnehmungssplitter ohne Zusammenhang, reiner Picasso. Das bläst dir den Verstand weg, du bist irgendwo anders, auf jeden Fall.
Tag für Tag macht er sich kaputt, mit demselben Tempo wie Algerien, *allegro.* Moussa braut sich seine Chemie zusammen, Shit, Alkohol, 6.15, jeden Scheißtag, den Gott für das Scheiß-Algerien macht.

Er verliert sogar einen vorderen Zahn, das fehlte gerade noch. Zu Hause kann er mit niemandem mehr reden, familiärer Autismus, immer kurz vor einem Wutausbruch.
Strategie Apache, er schleicht an Mauern, Korridoren, Treppen entlang, vermeidet Begegnungen, wird vollkommen durchsichtig.
Zusammenstöße des FIS mit Studenten von der Uni der Rechtswissenschaften, vier Tote, mit dem Degen getötet, Islamisten-Kommando, Moussa, vollgestopft mit 6.15, ist es völlig schnuppe, sollen sich doch alle untereinander umbringen, sollen sich alle verpissen …
Mangel an allem, Schlangestehen für das Brot, die Milch, das Leben. Zahllose Theorien von Männern, Frauen, Kindern, die Hand ins Nichts ausgestreckt.
Jede Woche sind die Straßen und öffentlichen Plätze okkupiert. Demonstrationen des FIS, Hunderttausende Bärtiger, Kamis, Koranverse, der Mord schärft die Blicke.
Sie sprechen arabisch.
Gegendemonstrationen, Demokraten, Krawatten, Brillen, Schnurrbärte, Feministinnen in Jeans, Glimmstängel und Megafon.
Sie sprechen französisch.

An einem Novemberabend, als er in das *Triangle* kommt, packt ihn der Chef am Arm, um kurz mit ihm zu reden. Er geht mit ihm zum kleinen Kaffeehaus neben dem *Grill Room* gleich gegenüber.
Die üblichen ersten Sätze, Moussa hört zu, ohne wirklich den Chef zu verstehen, der von sich gibt „guter Sänger … aber … verstehen … etwas Neues auf die Bühne … die

Gäste ... komm in sechs Monaten wieder, dann werden wir sehen ... letzter Auftritt heute."
Dann lässt er Moussa stehen und geht ins *Triangle* zurück, um sich dort zu vergraben.
Im Klartext: Moussa ist entlassen, ersetzt durch Mohand Akli, das Urgestein der kabylischen Musik, ein Halsabschneider von der Küste.
Zugedröhnt mit Alkohol und Shit, singt Moussa weinend auf der Bühne. Aber wie jeden Abend kümmert das niemanden.
Neue Kundschaft, in der Tat genau diejenige des *La Chésa*, Betrüger, Milliardärentrampel, Nutten mit Goldzähnen.
Die Musiker wissen Bescheid, sie trösten Moussa, solidarisches Schulterklopfen, mach dir nichts draus, das sind Schweinehunde!
Djelloul ist an jenem Abend nicht gekommen, verdorbener Magen.
Moussa flüchtet sich in den Regieraum des Jazz Clubs, Joints drehen mit den Musikern.
Das Videogerät ist defekt, einer der großen Lautsprecher auf der Bühne läuft seit drei Wochen nicht mehr, die Spotlichter von der Deckenverglasung sind alle kaputt, der Teppich schwarz vor Dreck, den Bossen ist das egal, so viel Kohle wie möglich anhäufen.
So schnell wie möglich.
5 Uhr morgens, sternhagelvoll, kehrt Moussa zu Fuß nach Hause zurück, es regnet leicht.
Zerzaustes, an den Wangen klebendes Haar, er kann kaum gehen, weinend und dämlich kichernd gleichzeitig.
Der Tag bricht an, die Sonne scheint schwach zwischen den Wolken hindurch, die Kaffeehäuser öffnen, gehetzte Arbeiter, erste Busse, Autos, Achtung, rutschige Straße.

Seidenhemd mit Puffärmeln, Alpaka Hose, grüne Krokoleder-Schuhe, Moussa geht seitwärts, stützt sich mit der Hand an den Wänden, Bäumen und Straßenlaternen ab. Wie ein Roboter überquert er unter wütendem Gehupe im Zick-zack die Straße.

Gegen 5 Uhr 30 ist er in unmittelbarer Nähe des *Hussein Dey*, eine große Gruppe Islamisten beeilt sich, erstes Gebet in der Moschee, das Morgengebet.

Eifrig und mürrisch, es sind gut 100, schweigsam bewegen sie sich vorwärts, man hört bloß ffrrtt, Bärte, Kamis, Schlappen, ffrrtt ...

Moussa muss durch die Menge hindurch, um nach *Brossette* und links zur Siedlung hinauf zu gelangen.

Durchnässt, mit bis zum Bauchnabel aufgeknöpftem Hemd, feuchten und von Pomade klebrigen Haaren geht er weiter, nach Alkohol und Nachtclub stinkend.

Moussa durchquert die Menge, die Kamis, Geruch von blumengeschmückten Gräbern, Bärte. Er spürt ihre hasserfüllten Blicke, er weiß, was sie denken, Schwuchtel, all das, aber sie gehen ihm auf die Nerven, er geht weiter.

Alle schauen ihn an, ihre Verachtung ausspuckend, ein paar beginnen ihn zu beschimpfen. Ganz junge Islamisten werfen ihm Steine nach. Einer von ihnen trifft ihn an der Stirn, er fährt mit der Hand darüber und sieht das Blut.

Moussa dreht sich zu ihnen um und schaut sie grinsend an, dann leckt er das Blut von seiner Hand und zeigt ihnen seine Eier:

- Rattenbande, da, nehmt meinen Schwanz! Arschlöcher!

Sieben Islamisten, Erwachsene diesmal, fallen über ihn her, Faustschläge, Fußtritte, Stockhiebe.

Ein alter Islamist fährt dazwischen:

- Hört auf, das ist nicht unser Ziel. Lasst ihn in Ruhe, seht ihr denn nicht, dass das bloß ein Trunkenbold ist. Wir müssen unseren Dschihad auf diese gottlose Regierung konzentrieren, die den Islam mit Füßen tritt und sich in Schamlosigkeit und Profit suhlt. Wir müssen denen den Kopf abschlagen, verflucht sei Satan, *Allahu Akbar*!
Sie wiederholen im Chor: *Allahu Akbar*, dann lassen sie ihn bewusstlos liegen.
Von Mitleid erfasst, schüttet ihm der Kellner eines Kaffeehauses nebenan einen Eimer voll Wasser über den Kopf.
Nach einer guten Viertelstunde erlangt Moussa wieder das Bewusstsein, mit brennendem Schädel und aufgeplatzter Augenbraue. Mit einer müden Handbewegung versucht er, sein zerfetztes und von Blut rot gefärbtes Seidenhemd wieder in Ordnung zu bringen.
Torkelnd und noch voll von Alkohol, mit gequetschten Rippen, geht er auf einem Bein weiter, einen Krokoleder-Schuh hat er bei der Auseinandersetzung verloren.
Die Passanten schauen ihn an, es ist früher Morgen. Gegen 8 Uhr erreicht er endlich die Siedlung, benommen von Müdigkeit, Trauben Bärtiger auf dem Bürgersteig, an die Mauern gelehnt.
Wahiba, die Tochter Mézianis, taucht auf, parfümiertes Schätzchen, Moussa versteckt sich hinter einem Abfallcontainer. Wartet, bis sie an der Straßenecke verschwunden ist.
Ihr Duft bleibt noch eine Weile hinter ihr hängen, dann verflüchtigt er sich, besiegt vom Abfallgeruch.
Moussa kommt taumelnd aus seinem Versteck hervor und geht Richtung Treppenhaus. Plötzlich rutscht er aus und stürzt in eine Lache, zu Füßen einer Traube Bärtiger.
Spartacus, der ihn fallen sieht, rennt auf ihn zu.

Mit ruppigem Geknurre fordert ihn Moussa auf, abzuhauen und ihn in Ruhe zu lassen. Die Kinder bilden einen Kreis um ihn herum, Unterhaltung ist garantiert.
Moussa steht stöhnend auf, dreht sich zu ihnen um und zeigt ihnen dämlich grinsend seine Eier.

Ein paar Monate später, im Februar, der sanfte Absturz. Jeden Abend Zombretto, 6.15, Shit, Moussa kichert oft alleine dämlich vor sich hin hinter den Abfallcontainern.
Die Augen aufs Meer gerichtet, die erleuchtete Bucht, bastelt er ein Herz aus Eisendraht und wirft es vom Abfallhügel hinunter.
Um ihn herum spielen verwahrloste Kinder mit glänzenden Augen im Müll.
Jeden Abend vor dem Einschlafen weint Moussa gegen sein Leben, gegen seine Wand.
Er lässt sich einen Bart wachsen, läuft nur noch im Jogging-Anzug und Flip Flops herum, streicht mit den anderen an den Wänden der Siedlung entlang.
Diskussionsthema: FIS, Drogen, Schwarzmarkt, Schlampen, Scheißregierung, Emigration. In der Siedlung vergehen die Tage auf diese Weise, jeder gleich langweilig und hoffnungslos, die süßen Träume zerfetzend.
Sogar Baïza ist weggegangen, ja, vor ein paar Monaten, er hat den FIS fallen lassen, die Kamis. Scheint, dass er in Amsterdam in einer Pizzeria arbeitet, er hat Fotos geschickt, seinen Bart abrasiert, Kochmütze auf dem Kopf.
Djelloul ist daran, ein Dossier vorzubereiten, nach Kanada auswandern. Er fleht Moussa an, sich auch aufzuraffen.

Aber Moussa hat keine Kraft mehr, bleiernes Hirn.
Djelloul ist davon überzeugt, dass Moussa verhext ist, diese Apathie ist nicht normal, diese Entsagung. Einmal hat er ihm sogar vorgeschlagen, einen Heiler in Colomb Béchar aufzusuchen, ein sehr guter Wunderheiler, um das Böse abzuwenden.
Moussa zieht es vor, eine weitere Flasche Brennsprit zu öffnen.
Neues Leben, nach Plan geregelt, aufstehen um 10 Uhr morgens, dann nach draußen gehen, in Flip Flops, an die Mauern lehnen, die vorbeigehenden Leute beobachten.
Die Mauer ist der ideale Beobachtungsposten, da hast du die Kontrolle über alles, was im Viertel vor sich geht. XY ist mit einem großen Sack heraus gekommen, sein Schwager kehrt soeben zurück, der andere hat ein Problem mit dem Anlasser, seine Nachbarin sucht ein Medikament für ihre Tochter, sein Schwager ist soeben weggegangen, XY kommt ohne großen Sack zurück.
Die Mauer ist auch das Totem des Viertels: Es lebe der FIS, nieder mit der FLN, ich liebe Sassia, Allah, es lebe Mouloudia, Tod den Kabylen, es lebe Abassi Madani, Barcelona meine Liebe.
Mohand hat noch immer keine Wohnung gefunden, der Sommer rückt näher, dieses Mal wird er heiraten müssen. Also wird er seine Frau mit nach Hause bringen. Also werden sie fünfzehn sein in der Dreizimmerwohnung. Sie werden verheiratet sein, also ein eigenes Zimmer, aber wie?
Blöd grinsend löst er schnell das Problem, mit zwei Tabletten 6.15. Dann geht er zu den Burschen im Viertel, in das Autowrack eines R5.

Spartacus, Dahmane und Nordine, der Matrose, Sandwich voller Harissa und Whisky, es ist nicht langweilig, hallo Kumpels. Moussa setzt eine Hinterbacke auf die Kühlerhaube und teilt, einen Bissen Harissa-Sandwich, einen Schluck Whisky, uffffffff, das brennt überall.
Nordine, Matrose der Übersee-Schifffahrt, hat den Whisky, den Käse und das Marihuana mitgebracht. Bombay, Djakarta, New York, er erzählt ihnen vom Leben auf dem Meer, die Geschäfte, die Frauen, das Abenteuer. Spartacus' Augen glänzen golden, mit offenem Mund genießt er voller Bewunderung das Seemannsgarn.
Eines Tages erhält Moussa eine Postkarte von Rachid aus Paris, der ihn bittet, voran zu machen, auszuwandern, ein Dossier vorzubereiten, Visum, wenn du erst mal in Paris bist, wissen wir uns schon zu helfen. Moussa wirft die Karte den Müllkindern zu und geht zu Spartacus an die Mauer.
Es gibt immer Schlimmeres im Leben, nimm Spartacus, den Ärmsten: Sie sind zu zehnt in einem Zimmer, ja, in einem Zimmer. Praktisch Analphabet, arbeitslos seit Geburt. Null Chance im Leben, Abfall, ein Mückendreck des Himmels.
Und dennoch hüpft er herum.
Eines Tages muss Moussa Frondienst für die Familie leisten: einen Sack Zement beim *Champ de Manoeuvres* holen, den Gemüsegarten wieder in Ordnung bringen, der Maurer kommt um 14 Uhr. Mohand hat alles im Voraus organisiert, den Sack bezahlt, Moussa den Kassenbon gegeben, nun muss er nur noch den Sack holen.
Mühseliges Aufstehen um 8 Uhr, das ist Morgengrauen für ihn, zudem steht Djelloul nicht zur Verfügung. Moussa stellt sich gähnend an den Taxistand. Plötzlich ein Lieferwagen,

Gehupe, Spartacus macht ihm ein Zeichen, er sitzt hinten im Wagen mit einem Schaf, der Fahrer ist ein Kumpel von ihm.
Sie müssen das Schaf zur Moschee in Belcourt bringen, es für die Armen schlachten. Moussa steigt in den Lieferwagen ein, das Schaf blökt unaufhörlich. Sie setzen Moussa beim *Champ de Manoeuvres* ab.
Beim Lager angekommen, große Warteschlange.
Mit dem Kassenbon in der Hand klebt er sich an die Schlange, ein Wagen mehr. Geruch von Zement, Kunststein, Gips, Baumaterialien, das fehlt, das fehlt, Mangel. Manchmal gibt es Lieferungen an den Staat, es wird in kleinsten Mengen verteilt, Monopol. Außer, klar, wenn du Beziehungen hast, der Schwager des Vetters der Nachbarin von unten, scheint, dass ...
Nach einer Ewigkeit steht Moussa am Schalter, er streckt seinen Kassenbon hin:
Der Angestellte, ein rothaariger Lockenkopf:
- Ungültig hier, du musst zum Lager der *Côte Rouge* in Léveilley gehen.
Moussa:
- Aber ...
Der Angestellte, der rothaarige Lockenkopf, regt sich auf:
- Los, los, der Nächste!
Moussa steht wieder draußen, verdammte Scheiße, bis zur *Côte Rouge* gehen.
Taxi, Verkehrsstau, Moussa erreicht das Lager der *Côte Rouge*, dasselbe Szenario: Riesenwarteschlange, Moussa klebt sich daran. Mehr schlecht als recht kommt er zum Schalter, der Kassenbon ist gültig, uff, er holt seinen Sack Zement. Oh, hochheben, ein alter Angestellter hilft ihm, ihn auf die Schultern zu heben, über 20 Kilo.

Gekrümmt geht Moussa hinaus und setzt sich an den Straßenrand, macht Taxis ein Zeichen. Nichts zu machen, sie halten nicht an, die Schweinehunde. Zudem rinnt der Sack auf der Seite.
Ein Taxi verlangsamt, der Fahrer:
- Wohin will der Bruder?
Moussa:
- Siedlung *Sonne und Meer*.
- Hm, das ist nicht meine Richtung, aber ich kann dich beim *Champ de Manoeuvres* abladen.
Moussa willigt ein, hat keine Wahl, die machen ihre eigenen Regeln, Schufte, er klemmt den Zementsack in den Kofferraum des Autos.
Moussa mustert den Fahrer, Drecksvisage. Beim *Champ de Manoeuvres* angekommen, macht es 80 Kröten. Moussa gibt ihm einen 200er-Schein und steigt aus, um seinen Sack auszuladen und auf das Rückgeld zu warten.
Kaum hat er den Sack ausgeladen, fährt das Auto an und mit ihm das Rückgeld. Moussa schäumt vor Wut, fühlt sich wie ein Idiot mit dem Zementsack zwischen den Beinen. Verdammtes Arschloch! Eines ist klar: Man kann kein Land aufbauen mit einer solchen Scheiße, klare Sache. Jemand überquert die Straße und kommt auf ihn zu, ein breites Lächeln auf den Lippen. Schon mal gesehen, dieses Gesicht … lange seidige Haare, aber das ist er doch? Der junge Gitarrist. Amerikanerschnauze, sang sanfte Lieder auf Englisch im Jugendtreff des FLN … Mensch, das ist eine Ewigkeit her, über zehn Jahre, Gefühlsausbruch, schon lange nicht mehr gesehen.

Qays, der Gitarrist, schöner Junge mit Stil. Moussa in Flip Flops, Bart, einem fehlenden Zahn, Zementsack zu seinen Füßen.

Sie reden neben der Bushaltestelle, Qays:

- Ja, ich war in den Vereinigten Staaten, acht Jahre dort drüben. Weißt du, in einem bestimmten Moment sagst du dir ... etwas fehlt dir, Gerüche, verstehst du, was ich meine? Also, das Land. So habe ich alles verhökert, was ich hatte, ich habe mir gesagt: Typ, geh in dein Land zurück, dort braucht man dich. Und ... so ist es, ich bin vor zwei Tagen zurückgekommen. Nun sag mir, wo läuft etwas, die Musiker, die Nachtclubs, die Jamsessions.

Moussa starrt ihn an und bricht in schrilles Gelächter aus. Dann schultert er seinen Zementsack und geht, ohne ein Wort zu sagen. Lässt Qays einfach stehen.

Moussas Tage sind regelmäßige Ohrfeigen ins Gesicht, Lächeln mit Stacheldraht, den Arsch an die Mauer gelehnt, mit den anderen, Herdensolidarität, ursprüngliche Horde.

Moussa hat mit den Burschen der Siedlung wieder angefangen Fußball zu spielen, es erinnert ihn an die guten alten Zeiten, oh ja, Nachwuchsspieler der NAHD, auf dem Rückweg von auswärtigen Spielen, im Bus, aus voller Kehle singend, die Clubhymne, Fans, blau-weiße Wimpel.

Heute das entscheidende Match: Die Siedlung *Sonne und Meer* gegen *Klima von Frankreich*. Sie sagen dazu „Klima von Unter-Frankreich“. Das Match wird auf dem Brachland ausgetragen. Torpfosten: zwei umgekippte und mit Kalk angestrichene Mülleimer. Derdiche ist Schiedsrichter, er ist extra von Belcourt zu diesem Anlass gekommen. Spartacus ist Torwart, Moussa Mittelstürmer.

Der Einsatz: Zwei große Kisten Limonade für das Publikum, mehrheitlich Kinder. Dahmane organisiert Wetten im Publikum, das wird die Stimmung anheizen: *Sonne und Meer* gegen *Klima von Frankreich*, vorwärts, vorwärts, wer wettet mehr?
Niemand hat ein Spieler-Outfit, das ist unübersehbar. Moussa trägt ein ärmelloses T-Shirt, zerrissene Jeans, gefälschte Adidas an den Füßen, ohne Socken, so spürst du den Schuss besser.
Spartacus trägt als Torhüter einen Kamis, vielleicht ist das alles, was er zum Anziehen hat, der Ärmste, was kann das schon kosten?
Nach einer dreiviertel Stunde führt *Sonne und Meer* 6:4, davon gehen zwei Tore auf Moussas Rechnung. Einen langen Pass von Dahmane bremst Moussa mit der Brust ab und dribbelt an der Seitenlinie entlang, das gefällt ihm, eins, zwei, drei Spieler und hopp steht er allein vor dem gegnerischen Tor. Das Publikum von *Sonne und Meer* bebt stehend, das Geschrei verleiht Moussa Flügel, als er seinen Schuss von rechts vorbereitet, der Todesstoß.
Plötzlich kommt von links der Innenverteidiger und foult ihn brutal, Freistoß.
Gekrümmt vor Schmerz steht Moussa wieder auf, rennt humpelnd hinter dem Innenverteidiger her, unter den Hochrufen des Publikums. Wilde Verfolgungsjagd das Stadion entlang, Moussa stürzt sich auf ihn und fasst ihn kurz vor dem Abfallberg an den Beinen.
Nach einer Serie Faustschläge drückt er ihm den Kopf in eine Schlammpfütze.

Zwei Monate später: positive Antwort für Djelloul, Dossier angenommen, Montreal. Er streckt Moussa einen Prospekt hin, die kanadische Luftfahrtgesellschaft, ein kanadisches Ehepaar neben einem See, rötlicher Wald. Wortlos rollt Moussa den Prospekt zu einer Kugel und verschluckt ihn vor Djellouls verblüfften Augen. Dann bricht er in ein lautes, nervöses Gelächter aus, auf offener Straße, alle drehen sich nach ihm um.

Eines Tages schlendert er ziellos durch Algier, grauer Bart, Flip Flops. Wie schmutzig es doch ist, Streik der Müllmänner, sogar im Stadtzentrum, randvolle Mülltonnen ohne Deckel, Fliegen, Kinder. Die *Rue Didouche*, überall Landbewohner, halb ländlich, halb gar nichts, Mangel, ewige Warteschlangen für irgendetwas.

„Begleitkauf": Du willst einen riesigen chinesischen Thermoskrug, vom Staat importiert? Zuerst stehst du mit deinen Brüdern dort drüben an, ja, ich will bloß ein Gesicht sehen. Um den Gutschein zu bekommen. Dann stehst du bei der anderen Warteschlange an, die andere dort drüben, die lange, so. Und wenn du dann erst am Schalter angekommen bist, nimmst du endlich deinen riesigen chinesischen Thermoskrug in Empfang.

Aber, aber, aber, aber, aber.

Du musst dazu eine Taucherbrille kaufen, alter Lagerbestand vom Staat, muss abgesetzt werden …

Stellmesser-Blick, verkrampftes Aussehen, geöffnete Herzen. *Rue Victor-Hugo*. Moussa zögert: aufwärts, die *Rue Debussy*?

Victor Hugo, Debussy ... die Namen klingen wie Medaillen, altes Gold, schlafende Legenden eines Algiers, das es bestimmt mal gab.
Schließlich geht er die Straße hinunter, die *Rue Victor-Hugo*, besetzt von Horden von Kindern, Wiederverkäufer von allem.
Bestimmt haben die nie etwas von Victor Hugo gehört ...

„Ein ganzes Volk klagt und verlangt zu essen.
Hungersnot in Oran, Hungersnot in Algier.
Das ist es, was uns dieses prächtige Frankreich beschert hat!
Sagen sie. Weder Mais noch Brot. Sie weiden das Gras ab.
Und der Araber gerät außer sich und verbreitet Schrecken.“

Bullen kaufen den Kindern Glimmstängel ab, Schwarzmarkt, man muss schließlich überleben, oh ja, vielleicht ehrenwerte Familienväter, dieselbe Plackerei, die fiese Quadratur des Kreises, versuch selber mal die Scheiße zu durchbrechen!
Jemand ruft ihn, er dreht sich um, es ist Rabah, der quecksilbrige Gitarrist des *La Chésa*.
Rabah schlägt einen Kaffee vor und betrachtet Moussa, Zahnlücke, Bart, eingefallen, Schlappen, Schatten eines Gespenstes:
- Was ist denn mit dir los? Der Bart ... du bist hoffentlich nicht auf die andere Seite gefallen?
Angestrengtes Lächeln, Moussa weiß, dass ihn der andere wie eine Kakerlake sehen muss:
- Nein ... kleine Probleme ... und du? Läuft es immer noch mit der Band?
- Weißt du, wir sind in Marokko, das ist super. Wir arbeiten in Agadir, warst du schon mal in Agadir?

- Nein, aber ich habe schon davon gehört.
- Das ist das Paradies. Ich bin für ein paar Tage hier, habe Dinge zu regeln, und dann gehe ich wieder. Marokko, die Hotels, die Nachtclubs, das Meer, du wähnst dich in Acapulco. Und zudem kein Islamismus dort, der König hat denen gezeigt, wo es lang geht. Kein Mangel, keine Warteschlangen, du findest alles, was du willst. Ich habe meine Frau und meine beiden Kinder genommen und ciao Algerien. Du solltest auch kommen, alle hauen ab, es ist Zeit, Moussa, bevor hier alles hochgeht.
Moussa betrachtet eine Fliege, die in seiner Kaffeetasse schwimmt. Er fischt sie mit dem bloßen Ringfinger heraus und wirft sie auf den Boden, ganz einfach.
Dann trinkt er langsam einen großen Schluck:
- Du hast Recht, ich denke darüber nach, ich habe Pläne.
Rabah, ein guter Typ, sie erinnern sich an die guten alten Zeiten, *La Chésa*, Anekdoten ...
Bevor sie sich trennen, gibt ihm Rabah seine Adresse und Telefonnummer in Agadir, Moussa schreibt sie auf seine Zigarettenschachtel, sie verlassen das Kaffeehaus.
Auf der Straße, Küsschen, ciao, bis bald, Rabah geht die Straße hinauf Richtung *Rue Didouche*, Moussa weiß nicht mehr, wohin gehen, er lässt sich von seinen Schlappen führen.
Den Kopf leeren, er verscheucht alles aus seinem Gedächtnis, keinen Platz mehr, sich abstrampeln. Er geht den kleinen Abhang auf der Seite der *Rue Meissonnier* hinunter, sieht ein bisschen wie in Italien aus, frische Sträßchen, Begonien und Geranien auf den Balkonen, früher bestimmt ...
Auf der rechten Seite ein Kassettengeschäft, die Schaufensterauslage anschauen. Hunderte von Kassetten liegen in der

prallen Sonne, Raï, algerische Varietäten, Disco-Neuheiten, sogar der Koran.
In einer Ecke auf der linken Seite sieht Moussa seine Kassette: „MASSY, der neue Takfarinas“, eine richtige Scheiße.
Kopfstoß in die Fensterscheibe? Seine Mutter ficken?
Wessen Mutter?
Lahbib treffen wegen des restlichen Geldes?
Müde lässt Moussa diese Idee fallen, es beginnt bestimmt so, wenn du schlapp machst.
Seufzend zündet er sich einen Glimmstängel an, den letzten, er knüllt die leere Schachtel, auf die er Rabahs Adresse geschrieben hat, zu einer Kugel zusammen.
Moussa wirft die Schachtel horizontal in die Luft und jongliert sie mit dem linken Fuß, drei, vier, sieben, zwölf. Kinder rennen herbei und zählen mit, 25, 26, 34, 58. Endlich, nach 70 Fußtritten, versenkt sie Moussa mit einem Nachschuss im Flug mit dem rechten Fuß in den leeren Korb einer armen alten Frau, die nichts bemerkt hat.
Die Kinder klatschen über die Leistung. Lächelnd kauft ihnen Moussa eine Schachtel Glimmstängel ab, es gibt keine Marlboros mehr, er nimmt Chélias, das ist zwar Stroh, aber man muss ja schließlich etwas rauchen.
Aufgeheitert geht er abwärts, kleine schattige Treppe, Kletter-Efeu an den Mauern, zur *Rue Hassiba Ben Bouali* gelangen.
Eine Gestalt kommt die Treppe hinauf, eine Frau, Moussas Herz hört auf zu schlagen.
Ist es Fatiha?
Ja, sie ist es, im Hidjab, sie ist schwanger.
Die Augen auf den Boden gerichtet, steigt sie weiter die Treppe hinauf und tut, als ob sie ihn nicht gesehen hätte.

Spitze Dolche durchdringen Moussas Seele.

Ach so? Einverstanden.

Da ist nichts, in die Siedlung zurück, drei Flaschen Wein, nein, wirklich nichts, eine ganze Schachtel 6.15 und die Sache ist geritzt. Die Dolche sind gezogen, hinter den Abfallcontainern, gegenüber dem Meer, mit den Burschen des Viertels, die wahren Kerle mit großen Herzen.

Alle sind um ein riesiges und orangenes Feuer herum versammelt, ein Haufen alter Reifen, auf dem Brachland angezündet, ein primitives Happening, lange wilde Flammen lecken die Gesichter, Dahmane hat Spießchen zum Grillen mitgebracht, Zombretto und Shit. Moussa tanzt im Mondschein, die Arme gekreuzt zwischen den Sternen.

Gegen 3 Uhr morgens klettert er die fünf Stockwerke hoch, öffnet die Türe zu seiner Wohnung und flippt völlig aus.

Völlig.

Schreiend zerreißt er sein Poster in tausend Stücke. In demselben Anfall schlägt er die Mandola an die Wand, aus voller Kraft.

Alle wachen auf und rennen herbei, um ihn zu beruhigen. Sahnoun ist auch aufgewacht, er sitzt auf seiner Matratze, mit abwesendem Blick. Im Morgenrock, Nachthemd, die Schwestern, Oma, die ganze Familie stürmt ins Zimmer, versucht Moussa zu bändigen.

Mutter fühlt sich nicht gut, ihr Diabetes, ihr Bluthochdruck. Ouardia, schnell, ein Glas Wasser mit den Medikamenten.

Im Zimmer geht es weiter, Moussa schreit sich heiser. Fußtritte, Faustschläge, er zertrümmert alles, was sich bewegt.

Durch Maya und Fella behindert, versucht Mohand ihn zu umklammern. Slimane hat sich in Sicherheit gebracht, in Furcht und Schrecken versetzt.

Im Korridor rempelt er Papa an, der soeben erwacht ist, was ist das für ein Lärm?
Papa stellt sich genau vor die Zimmertür und schaut sich das Spektakel an, er verzieht die Mundwinkel vor Abscheu.
Mit einem Anlauf befreit sich Moussa von Mohand und wirft wild schreiend den Inhalt seines Regals über den Balkon, Bücher, Zeitschriften, Reliquien. Der Band II von *Krieg und Frieden* fällt auf Spartacus, unten vorm Gebäude.
Die Krise dauert bis zum frühen Morgen an, Moussa schluchzt leise in den Armen der Oma, die ihm ein sanftes kabylisches Wiegenlied zuflüstert, schon gut, schon gut, es ist zu Ende, schon gut, mein Kleiner.

Zwei Wochen später, Djelloul sucht ihn überall in der Siedlung. Er stöbert ihn schließlich bei *Bouhar*, dem Bäcker, auf. Moussa bastelt an einem Auto herum, er hilft einem Nachbarn, den Vergaser auszubauen, zwei kleine Tassen Kaffee stehen auf dem Bürgersteig.
Auf Djellouls Rufen hebt Moussa seinen Kopf aus dem Motor und geht auf ihn zu, die Hände schwarz von Schmieröl.
Djelloul ist gut rasiert und tipp topp angezogen. An der Straßenecke wartet ein Taxi mit laufendem Motor auf ihn.
Djelloul hat Mühe, die Worte zu finden, heute um 17 Uhr haut er ab, der Flughafen, Montreal.
Er fleht Moussa an aufzuwachen, verdammt, mach die Augen auf, du musst verduften, das Visum.
Die glasigen Augen von Moussa schauen ihn an, ohne ihn zu sehen. Sie gehen auseinander. Zerrissen vor Emotionen steigt Djelloul in das Taxi und fährt weg.

Das Gesicht in den schwarzen Händen, weint Moussa auf der Straße vor den Kindern, den Islamisten. Er versetzt den Kaffeetassen einen kräftigen Fußtritt.
Der Nachbar rennt herbei, einen Schraubenzieher in der Hand, was ist los, gibt es ein Problem? Ein Todesfall?
Moussa wird immer gereizter, wegen nichts explodiert er. Seit seiner Krise wagt niemand mehr zu Hause, ihm zu widersprechen, er kommt und geht mit gesenktem Kopf nach Hause.
Eines Tages beklagt sich Saliha über einen Professor an ihrem Gymnasium, er will ihr das Tragen des Hidjabs vorschreiben. Er hat ihr sogar einmal gedroht, ihr ein Ultimatum gesetzt, bis vor dem Aid al Kebir-Fest.
Die zahlreichen Beschwerden bei der Direktorin nützen gar nichts, drei Viertel der Professoren sind Islamisten.
Moussa knackt mit den Fingern und sagt ihr, dass er vor dem Gymnasium auf sie warten wird, um ihr Problem zu lösen, zerbrich dir nicht den Kopf. Das kommt im richtigen Moment, mir fehlt es im Moment an Training.
Am nächsten Tag im Viertel *Kouba* wartet er vor dem Gymnasium auf Saliha. 17 Uhr, Schulschluss, die Mehrheit der Schülerinnen und Schüler trägt den Hidjab und ist mit dem Kamis bekleidet. Saliha geht zu Moussa auf dem gegenüberliegenden Bürgersteig, sie zeigt ihm den besagten Professor.
Sehr groß, schwarzer Bart, strenger Blick, der Professor diskutiert, Kollegen. Moussa nähert sich ihm und zieht ihn beiseite:
- Guten Tag, Monsieur, entschuldigen Sie, dass ich störe, ich bin der Bruder von Mademoiselle Boudjiri. Es scheint, dass es … Probleme gibt?

Der Professor verzieht sein Gesicht zu einem falschen Lächeln:

- Probleme?

Moussa spielt den Idioten:

- Ja, eine … Hidjab-Geschichte, glaube ich.

Der Professor, zuckersüß:

- Ach ja! Nein, das war bloß ein kleiner Ratschlag, ja, der Hidjab schützt vor dem bösen Blick. Denn, wie sagt unser Prophet, Gebete und Gesundheit seien mit Ihm, „Wenn der Mund zu ist, kann die Fliege nicht hinein".

Moussa versucht nett zu sein, sportliche Meisterleistung unserer Tage:

- Aber weshalb sie zwingen, wenn sie keine Lust hat, den Hidjab zu tragen, „keinen Zwang in der Religion", nicht wahr?

Der Professor will ihm erklären:

- Ja, nein, das stimmt. Aber sie muss den Hidjab tragen, das Kleidungsstück der Reinheit, die Uniform des Islams, denn …

Völlig engstirnig der Typ, als hätte er sich einen Schuss gesetzt mit der ganzen Vorstellungswelt des Islam, die Gefährten des Propheten, die Engel, der Weihnachtsmann. Moussa hält es nicht mehr aus, unmöglich, mit ihm zu reden, Taktikwechsel, er tritt näher zu ihm und unterbricht ihn scharf:

- Nun hör mir gut zu: Sie wird nie einen Hidjab tragen. Wenn du sie nicht in Ruhe lässt, ficke ich deine Mutter, verstanden?

Der andere, verdutzt:

- Was?

Stoßzeit, Eltern, die ihre Kinder abholen, Professoren, Schüler, Tohuwabohu. Der Professor stellt seine Mappe ab und stürzt sich auf Moussa. Zu spät, Moussa weicht ihm aus, erwischt ihn an den Schultern und versetzt ihm zwei kräftige Kopfstöße.

Dann geht die Schlägerei los, Moussa befördert ihn in die Luft und drückt ihn auf den Boden, die Knie auf seinen Schultern. Er öffnet ihm den Mund und spuckt ihm mehre Male hinein, dabei verdrischt er ihn noch.

Leute versuchen die beiden zu trennen, Islamisten rennen herbei, Kamis flattern im Wind. Mit einem Ruck richtet sich Moussa auf und bietet ihnen die Stirn.

Rasch holt er eine lange Klinge hervor, das Klappmesser, das er seinerzeit nach der Affäre im *La Chésa* gekauft hatte.

Beim Anblick des Messers bricht Panik aus, Schreie von Schülern, Gaffern. Sogar Saliha bittet ihn aufzuhören, ein großer Kreis bildet sich um ihn.

Moussa schneidet sich in den Arm und tätowiert mit dem Finger sein Gesicht mit Blut. Die Klinge auf sie gerichtet, leckt er das Blut von seinem Finger:

- Kommt nur, ihr Schwuchteln, wir werden alle sterben, wer keine Angst vor Blut hat, soll näher kommen. Ich bin ein Psychopath, ich warne euch, dem ersten, der sich rührt, schlitze ich die Mutter auf. Und sollte es jemandem einfallen, meine Schwester zu belästigen …

Seither ist diese Geschichte abgeschlossen.

Moussa ist an einem ersten April geboren, Scherz der Natur, pflegte Rachid zu sagen.

Moussa hat vor ein paar Tagen seinen siebenunddreißigsten Geburtstag gefeiert. Maßvoll, bloß zwei Flaschen Zombretto und ein paar Joints, ruhig, er und Spartacus, stillschweigend.

Übrigens, Moussa spricht fast nicht mehr, Gebrumme, einsilbig, möglichst lakonisch, das Notwendigste und basta. Gesungen hat er seit einer Ewigkeit nicht mehr, das steht überhaupt nicht mehr auf seiner Agenda.
Außer um die Sau rauszulassen, sturzbesoffen, mit den Gefährten, auf Mülltonnen trommelnd, aber nicht mehr.
In der Tasche seiner alten, an den Knien zerrissenen Jeans findet er den Aufkleber des FIS, den er Slimane weggenommen hatte. Tief in der Hosentasche klebend, er bekommt ihn beinahe nicht mehr heraus, ah, da ist er. Witzig, wie sich die Dinge am Leben festkrallen.
Er faltet ihn auseinander, nicht schlecht gemacht, professionell, dann gibt er ihn Spartacus, der ihn überglücklich auf seinen Kamis klebt.

Schwarz, die folgenden Wochen: Attentate von Fundamentalisten, Unruhen. Am 27. Mai Demonstrationen des FIS, über 300.000 Personen. Es wird offen von Bürgerkrieg gesprochen, Ende der Welt, Erdbeben.
Jenes des vergangenen Jahres, unter den Erschütterungen in aller Eile die fünf Stockwerke hinunterjagen. Geschrei, Frauen, Kinder. Im dritten Stockwerk angekommen, ist Moussa auf Slimane gestürzt, der Maya in seinen Armen hatte. Alle Bewohner der Siedlung sind auf der Straße gelandet, in Pyjamas, Unterhosen, Morgenröcken, zitternd vor Angst.
Bei dieser Gelegenheit hat der FIS seine Truppen auf volle Stärke gebracht, aus Angst vor dem Tod, ihr Angsthasen! Die Strafe Gottes, „Fürchtet Gott, Ungläubige …“

Die Spannung steigt, Moussa fühlt sich wie eine entsicherte Granate.
Die Mauern, die Mülltonnen, die Kameraden, die zementgrauen Tage.
Lokalnachrichten: Drei Einheimische, darunter ein Vetter von Dahmane, sind sich wegen eines Keilriemens in die Haare geraten, ein Toter, zwei Verletzte.
Werbejingles ausländischer Fernsehsender brüllen von den Balkonen hinunter.
Moussa grübelt über seinen grauen Alltag nach, kratzt sich dabei seinen struppigen Bart.
Vor ihm Kinder, die sich um seinen kleinen Elvis-Presley-Spiegel streiten, den er soeben in eine Mülltonne geworfen hat.

Moussa streift in der Gegend von *Bouhar* umher, vielleicht trifft er auf Spartacus, auf jemanden, etwas machen, irgendetwas, vor dem Abend, Zombretto, 6.15, hinter dem Wohnblock, gegenüber dem Meer.
Spartacus ist nicht da, nur Dahmane und zwei Islamisten. Moussa grüßt und stellt sich neben sie auf den Bürgersteig. Einer der Islamisten ist aus Afghanistan zurückgekehrt, war ein Jahr dort, er erzählt vom Krieg gegen diese Kommunistenhunde, von den Biwaks abends, wie er den gewaltigen Atem Gottes gespürt hat, der den Gläubigen die Stirn gestreichelt hat, von den Wundern, als die Verletzungen der Mudschaheddin nach Moschus dufteten.
Ein wenig zurückgezogen hört Moussa mit einem Ohr zu, als Spartacus auftaucht. Moussa schnappt sich ihn, eine Runde machen, einen Joint im Wrack des R5 drehen. Spartacus kommt von seinem Schwager zurück, einem Islamisten, der

in *Baïnem* wohnt. Er hat ihm die ganze Nacht geholfen, die Fliesen in seiner Wohnung zu entfernen, zur Zeit des Propheten, Gesundheit sei mit ihm, gab es keine Fliesen.

Moussa hat nie auf Rachids Briefe geantwortet. Wenn er anruft, lässt er sich immer verleugnen.
Aber an jenem Tag hat er sich erwischen lassen. Er war bei *Bouhar* Brot kaufen, sieben große Brote und sechs Baguettes, dasselbe jeden Tag, na ja, vierzehn Personen vertilgen eine ganze Menge.
Als er mit dem Korb hinauf kommt, Telefonanruf, Moussa hebt ab, zu spät, es ist Rachid.
Zehn Minuten lang lässt Rachid nicht locker, schreit ihn an, mach vorwärts, beeil dich, bereite dein Dossier vor, Visum, wenn du erst einmal hier bist, kümmern wir uns um alles.
Moussa fühlt sich ganz seltsam, als er aufhängt, Rachids Stimme, schon so lange her, erinnert an ...
Ein Schauer von Erinnerungen, seidige Gefühle, kleiner grüner Glanz am Ende des widerwärtigen schwarzen Tunnels.
Rachids Telefonanruf scheint Wirkung zu zeigen.
In den kommenden Tagen spitzt Moussa die Ohren, trägt Infos zusammen, Visabestimmungen, französisches Konsulat. Ist nicht schwierig, das einzige Gesprächsthema.
Eines Tages beschließt er, dorthin zu gehen, bloß um zu schauen.
Zum französischen Konsulat.

Das französische Konsulat befindet sich neben der *Place des Martyrs*, gleich hinter dem großen Gebäude der Finanzverwaltung.
Moussa, die ganze Nacht am Träumen, *Champs-Élysées*, Austern zu Weißwein, *Montmartre*.
Er hat seit langem nicht mehr geträumt.
Moussa ist noch nie aus Algerien herausgekommen, nicht einen Tag, nicht einmal in den Ferien, das erstaunt ihn selber.
Warum? Aus Faulheit vielleicht, die Schikanen, der Pass, die Devisen ... Und zudem hasst es Moussa, die Leute um etwas zu bitten, Stiefel lecken, nein, das ist nichts für ihn.
Aber heute ist es soweit, entschieden, etwas in ihm leuchtet wieder auf. Das alte Gold des Sterns will wieder glänzen, wirklich, der von Algier, kämpfen, abhauen bevor ...
Schöner Sonnenschein, vor sich hin pfeifend kommt er von der Strandpromenade her auf das Konsulat zu. Mindestens 2.000 Leute stehen in der Warteschlange, zusammengedrängt, Massentierhaltung, William Saurin ...
Er läuft an der Menschenmenge entlang, harmlos aussehend, überquert die Avenue und setzt sich an die Theke des Kaffeehauses gegenüber, ein Tee. Den Kellner fragen, Tipps kriegen, das Vorgehen, Moussa bietet ihm eine Marlboro an.
Der Kellner nimmt den Glimmstängel:
- Um ein Visum zu kriegen, brauchst du: Wohnsitzbestätigung von jemanden gleichen Namens in Frankreich, ein Rückflug-Ticket, 6.000 französische Kröten, also 50.000 Dinar. Ein Arbeitszeugnis, arbeitslos wird nicht mal ... ein

Kündigungsschreiben. Und ... in der Warteschlange anstehen. Siehst du diese Menschenmenge, seit dem Morgengrauen sind sie da, es liegt an dir, mein Bruder.
Keine Chance, er und dieser Papierkrieg, da kommt er nicht weiter.
Moussa kehrt in die Siedlung zurück, verdrossen, seine Träume auf Halbmast.
Er rührt die extra scharfen gefüllten Sardinen, die ihm Zhor zubereitet hat, nicht an, obwohl er sonst ganz versessen darauf ist.
Auch kein Fernsehen, nichts, Kahéna hat ihn schon zwei Mal gerufen, um mit ihm *Colombo* zu schauen.
Er legt sich mit einer alten zerrissenen *Paris Match* ins Bett. Mohand kommt auf einen Schwatz zu ihm, hast du Probleme?
Im Zimmer flickt Slimane sein altes kratzendes Transistorradio, Sahnoun ist in einen Krimi vertieft, Maya und Fella zerreißen kichernd ein Heft.
Leise erzählt Moussa Mohand alles, abhauen, Visum, Dossier. Mohand muss im August heiraten, er ist entzückt, dass jemand einen Platz freigibt:
- Mach dir keine Sorgen, ich werde dir helfen, Méziane, ich kenne jemanden auf der Arbeit, der alle Papiere, die du brauchst, beschaffen kann, ein Künstler. Zerbrich dir nicht den Kopf, das ist meine Sache.

Ein paar Tage später legt Mohand ein vollständiges Dossier auf Moussas Bett, auf seinen Namen, tadellos, alles ist gefälscht, aber unmöglich, es herauszufinden, ein Kunstwerk.
Fehlt noch die Kohle, Moussa kratzt seine Ersparnisse zusammen, fragt die Oma und schafft es, 6.000 französische

Francs für 50.000 Dinar zusammen zu bringen, Freundschaftspreis.
Das Flugticket Algier-Paris: 8.000 Dinar. Keine Skrupel! Moussa kehrt kurz in seine alten Schwarzmarktgeschäfte zurück. Marlboro-Schmuggel mit Spartacus, zehn Stangen und da ist schon das Ticket.
Frühlingsgefühle in der Seele, beim Stürmen des französischen Konsulats, 5 Uhr morgens, mit aller Kraft verteidigt er seinen Platz. Zu seiner Rechten spiegelt das glänzende Meer die Sonne, es kann dich blenden mit der Zeit.
Moussa: Arabischer Name für Moses, Rachid hat ihm das gesagt. Ach, das Meer teilen, wie Moses, geradeaus laufen, bis zu *La Canebière*, einen Pastis für mich, einen!
Gegen 8 Uhr stehen schon dreimal so viele Leute an, die Menschenmenge, nervöse Masse, wird plötzlich lebendig, die Büros öffnen.
Um 10 Uhr ist der Teufel los, ein ganzes Volk, Visafleisch, Gestank, dicht gedrängt, Schweiß. Hochmütig verbrennt die Sonne die Nacken, das Blut kocht.
Kinder verkaufen den Wartenden Glimmstängel, Sandwichs, warme Limonade.
Die Menschenmenge kommt nur langsam voran, stöhnende Masse voller Groll, optimistisch gesehen: Alle zehn Minuten fünf Personen, es sind über 2.000 Personen.
Manchmal umgehen die Leute die Schlange, drücken sich durch die kleine Tür für VIPs, Vitamin B, die Menge brüllt, die Polizisten schlagen auf sie ein.
Zitternd vor Wut kämpft Moussa, er klemmt die Pobacken zusammen, hält durch, das Dossier an die Brust gedrückt, vorwärts kommen.

Rachid, Paris, der gefüllte Kühlschrank, Wurst, Heineken, spornt ihn an, das wahre Leben gibt es, ja, am Ende der Warteschlange, gerade da, siehst du es?
Die Menschenmenge kommt voran, blind, unter dem Grillrost des Himmels. Moussas Nase klebt am Nacken eines dicken Kraushaarigen, der vor ihm steht, Stallgeruch. Ein alter Mann fühlt sich nicht gut, er wird aus der Warteschlange herausgeholt, ein Glas Wasser, man fächert ihm Luft zu, Moussa kommt Schritt für Schritt weiter, gewinnt an Boden.
Gegen 11 Uhr findet er sich in den Saal katapultiert, die Schalter, uff. Eine kleine Menschenmenge, es ist einfach drinnen, weniger heiß, ein bisschen atmen.
Draußen, ein Heidenlärm, der Boden, die Hölle der Sonne, die Schlagstöcke der Polizisten.
Moussa wischt sich die Stirn ab, das nasse Hemd klebt ihm auf der Haut. Verunsichert, er weiß nicht mehr, was machen, als man zu ihm sagt: Formular ausfüllen, dort hinten auf dem kleinen Tisch.
Formular, er nimmt eines, gibt sich Würde zurück. Der Briefkopf des Formulars: „République française“, Donnerwetter, das ist schon etwas anderes, das riecht gut, das ist klar.
Er füllt das Formular seinem Dossier entsprechend aus. Dann, nach einer kurzen Wartezeit steht er am Schalter. Eine blonde Angestellte, Rhônetal-Akzent, Wangen wie Schinken und Wein.
Berauscht und mit einem breiten Zahnlücken-Lächeln streckt Moussa ihr sein fettiges Dossier hin.
Mit gleichgültigem Ausdruck sieht sie es durch:
- Das Kündigungsschreiben fehlt, tut mir leid, der Nächste …
Moussa versucht zu verstehen:
- Aber …

Die Bullen, er ist im Nu draußen, die glühend heiße Erde.
Aha?
Na gut, er kehrt zur Siedlung zurück, Zombretto mit den Kumpels, 6.15, das schwarze Meer vor ihm. Diesmal versucht er etwas Neues, Puder des Teufels genannt. Man zerdrückt zehn Tabletten 6.15 und mischt das Puder in einer Flasche Zombretto.
Nachdem er es gut umgerührt hat, stürzt Moussa das Ganze in einem Zug herunter, wahrhaftiger Totschläger! Spartacus schlägt ihm vor, die Bremsen zu kontrollieren, ein wenig zu bremsen. Moussa ist das piepegal. Er macht sich noch drei Mal das Gemisch, gewürzt mit ein paar Joints.
Total high, so weit ist er noch nie gegangen.
Gegen 4 Uhr morgens kommen Leute Mohand wecken, es geht um Moussa.
Der Treppenabsatz des fünften Stockwerks, die Türen stehen weit offen, Nachbarn im Pyjama, Bademantel, leise, es wird geflüstert ... Moussa, Brachland ... seltsam. Vielleicht ist ihm etwas zugestoßen.
In Jogging-Anzug und Pantoffeln geht Mohand hinunter, um Moussa zu suchen, eine Taschenlampe in der Hand. Er findet ihn in der Nähe des Brachlands, im Koma, hinter den Mülltonnen.

Das Krankenhaus *Parnet*, der Notfalldienst, mit hoher Geschwindigkeit, mit dem Ritmo von Saliha.
In der Halle Hammam-Hitze, Klimaanlage außer Betrieb, Kondensator kaputt, seit sechs Monaten ist das Ersatzteil bestellt.
Der diensthabende Arzt glänzt durch Abwesenheit, sein Assistent ebenso, der Stationsleiter ist der Chef. Kriegsveteran,

behaarte Brust, er schlürft einen Tee, während er diskutiert, Kranke sitzen am Boden.
Kakerlaken durchqueren die Halle und kriechen in den großen Medikamenten-Kühlschrank, dieser ist seit drei Monaten defekt.
In einer Ecke islamistische Kranke, das Gebet, neben den weit offenstehenden Toiletten.
Mohand beginnt zu schreien.
- Mein Bruder kratzt ab, verdammt, bringt eine Bahre.
Niedergeschlagen nähert sich ihm der Stationsleiter, er lässt die Asche seiner Zigarette auf den Boden fallen.
- Wir haben keine Bahren mehr, mein Bruder. Wir haben drei, sie sind alle besetzt, schau. Wir haben seit einer Ewigkeit neue bestellt.
Mohand sieht drei Verletzte auf den Bahren in der Halle, offene Wunden, Staub, Pfützen auf dem Boden.
Mohand gestikuliert wild schreiend, er droht, dem Vorgesetzten davon zu berichten.
Der Krankenpfleger in einer schmutzigen Schürze nähert sich, Kautabak unter der Lippe, Radio in der Tasche, Iglesias:
- Was ist da los, Ruhe, Ruhe.
Mohand erklärt ihm, sein Bruder Moussa, Koma, im Auto, Bahre. Der Krankenpfleger, zwei Kakerlaken mit seinem linken Flip Flop zerquetschend:
- Ok, Ruhe, komm, wir gehen schauen, hast du weit weg geparkt?
- Nein, gerade da.
Sie gehen hinaus und bringen den noch immer leblosen Moussa in den großen Saal. Ein Typ, mit mehreren Stichwunden, von drei Polizisten eskortiert, stolpert herein. Das

rechte Ohr des Verletzten ist abgerissen, es hängt noch an einem Streifen Fleisch, das Blut fließt in Strömen. Zwei Krankenpfleger stürzen auf ihn zu, mit ein paar Stichen wird genäht, ohne Betäubung, gleich auf dem Stuhl.

Ein weiterer Notfall platzt herein, diesmal sind es zwei Bullen, zwei Verletzte, Verkehrsunfall, ein abgerissener Arm, gebrochene Rippen.

Alle schreien, Arme werden erhoben, tut mir leid, die Röntgenabteilung ist außer Betrieb, Heftpflaster, Gaze und Äther fehlen, sogar die Schere ist gestohlen worden.

Mohand und der Krankenpfleger legen Moussa auf zwei Stühle, die Halle ist mit Verletzten überfüllt, Kranke irren umher.

Auch Neugierige vom Viertel sind da, sie langweilen sich, können bei dieser Hitze nicht schlafen. In Unterhemden, Flip Flops, spielen Domino mit dem Stationsleiter, den Angestellten und den Kranken.

Mohand geht zur Toilette, ein wenig Wasser trinken. Ein verstopftes Türken-WC, mit Urin und Stuhl überschwemmt bis zur Türe, unmöglich, einzutreten.

Am Waschbecken, sich die Nase zuhaltend, öffnet Mohand den Wasserhahn, nichts, wieder kein Wasser.

Ein Kranker, der aus Distanz gepisst hat, hält ihm einen Napf mit etwas Wasser hin, Mohand nimmt den Napf und trinkt rasch mit geschlossenen Augen einen Schluck.

Einen Glimmstängel im Schnabel, untersucht der Krankenpfleger Moussas Augen, seine Pupillen. Die Asche seiner Zigarette fällt auf seine Schürze, mit einer blinden Geste wischt er sie weg:

- Hmm, Zombretto und 6.15, klassisch. Wir haben täglich solche hier. Manchmal ganz junge, total zu. Aber das ist

nicht schlimm, ich werde ihm eine Injektion geben, nach einem guten Schlaf wird es ihm wieder besser gehen. . Aber ... er sollte nicht weitermachen damit, du musst mit ihm reden. Hat er ... Probleme?
Mohand, erstaunt:
- Probleme? Ähm ...
Der Krankenpfleger macht seine Spritze bereit, eine rostige Schale, er wechselt seinen Kautabak und verabreicht die Injektion, ohne Alkohol oder sonst etwas. Weder vorher noch nachher.

Zwölf Stunden später, Moussa öffnet die Augen, die ganze Familie ist um ihn versammelt, außer Papa.
Die Schwestern haben ihm Eierpfannkuchen zubereitet, Oma streichelt ihm die Stirn und redet mit sich selber.
Als sie alleine sind, erklärt Moussa Mohand alles, das abgelehnte Visum, Kündigungsschreiben, die Schnauze voll vom Leben. Mohand tröstet ihn lachend, mach dir keine Sorgen, morgen hast du dein Kündigungsschreiben.
Ehrenwort des großen Bruders, am darauffolgenden Tag, gegen 19 Uhr, legt ihm Mohand das Papier auf den Küchentisch.
Zwei Tage später, weitere Attacke von Moussa, das Französische Konsulat. Schlag 5 Uhr steht er schon in der Menge, er kennt die Prozedur, es beginnt, Wange an Wange, Haut an Haut, Mundgeruch von Fett und Schrecken. Moussa beißt die Zähne zusammen, angetrieben von der breiten Masse Fleisch.
11 Uhr 15, endlich vor dem Schalter. Er streckt sein Dossier hin, die Blonde mit den Schinken-Wein-Wangen:

- … tut mir Leid, neues Gesetz, wir brauchen ein Telex für eine Zimmerreservation eines Hotels in Paris. Der Nächste bitte …
Moussa findet sich mit seiner Wut auf dem Bürgersteig wieder.
Hinter ihm Freudenschreie, Applaus:
Er dreht sich um, Leute stehen um jemanden herum, der gerade sein Visum bekommen hat.
So ist es, sobald es einer geschafft hat, eines zu kriegen, wollen es alle sehen, das Visum berühren, küssen, man kann ja nie wissen, vielleicht bringt es Glück. Neugierig nähert sich Moussa dem Glücklichen. Von etwa dreißig Neugierigen umringt, scheint der Glückliche mit einem Heiligenschein umgeben zu sein, Lichtaura. Moussa gelingt es mit Mühe, sein Gesicht zu sehen. Ist das nicht Réda? Der schöne Junge, Taxifahrer, Stevie Wonder, ja, er ist es.
Moussa traut sich nicht, zu ihm zu gehen, er streicht an den Mauern entlang und verschwindet, während das Visum von einer Hand zur andern gereicht wird.
Todunglücklich kehrt er zur Siedlung zurück, klebt seinen Hintern an die Mauer, mit Spartacus, Dahmane und anderen und anderen und anderen und anderen.
Neue Herumhänger, der Nachwuchs, wissen nicht mehr, wer und was sie sind, an einem Tag Islamist, am nächsten Zombretto, oft beides: Zombretto-Islamismus.
Moussa gibt Spartacus 100 Dinar, irgendetwas besorgen, Shit, 6.15, klarer sehen. Spartacus kommt mit 6.15 zurück, perfekt. Dahmane schlägt vor, hinter den Wohnblock zu gehen, das Brachland, die Mülltonnen, das Meer, sein sanftes Rollen.

Dahmane nimmt eine Stange Shit hervor, rollt einen riesigen Joint, einen aus vier Zigarettenpapieren, er schlägt Moussa vor, ihn anzuzünden, nachdem er ihn Gott gewidmet hat.
Gott, das ist es in der Tat: Ein Joint, den man sich weiterreicht und weiterreicht …
Seltsam, wie mild es ist, Seiden-Wetter, die Sonne geht unter, in der Ferne Abendvögel.
Moussa denkt an Sahnoun, Autismus, nein, nicht wie er enden.
Es war 1972, als Sahnoun ausgeflippt war, der Sicherheitsdienst des Militärs. Sie hatten Berber-Flugblätter bei ihm gefunden, sie haben ihn gefoltert, ihm eine Flasche in den Hintern gesteckt, Mohand hat es mir erzählt.
Seither hat Sahnoun nicht mehr den Schnabel aufgemacht, ewiges Schweigen.
Beruhige dich, wieder Wind in die Segel kriegen, Rachid anrufen, der kann sicher für mich das Telex für die Reservation dieses verdammten Scheiß-Hotelzimmers machen.
Aufgeregt verlässt Moussa die Gesellschaft gegen 22 Uhr, steigt zu sich hoch und wählt Rachids Nummer, Paris.
Es ist das erste Mal, dass er ihn anruft. Sobald er Rachids Stimme hört, bricht er in Tränen aus … er spürt Paris im Telefon, Hintergrundmusik, Kühlschrank, schön gefüllt, Schinken, Heineken. Die Einfachheit, ganz einfach, normal leben, die Normalität des Lebens, die einfachste Normalität der Welt, nicht mehr.
Rachid verspricht ihm, sofort das Telex zu schicken, kein Problem, halte durch, wir erwarten dich, es gibt eine Möglichkeit.
Am nächsten Tag Rachids Brief, das Telex, durch Sid Ali, den Steward des Viertels, der Flug Paris-Algier.

In jenen Tagen schläft Moussa kaum noch, isst sehr wenig, ist jähzornig geworden.
Montagabend nimmt er sein Dossier und schläft im Freien mit dem Volk auf der *Place des Martyrs*, gegenüber dem Konsulat.
Er schließt kein Auge die ganze Nacht, Whisky-Flachmänner, 6.15, ein Joint nach dem andern, er wartet, dass es 5 Uhr morgens wird.
Beim ersten Licht der Morgendämmerung steht er zuvorderst in der Warteschlange, Vishnu oder ich weiß nicht wen bittend, dass es diesmal klappt.
9 Uhr, die dunkle Menschenmenge, klebrige Menschenmasse, Kinder stehen seit dem Morgengrauen an für nichts, um ihren Platz für 500 Kröten zu verkaufen. Moussa kommt Millimeter um Millimeter voran.
Vor dem Schalter, er gibt sein Dossier Schinken-Wein-Wange. Die blonde Angestellte:
- Ach, ich bedaure, die drei letzten Lohnauszüge fehlen. Der Nächste ...
Und schon steht Moussa wieder auf der Straße, die Bullen schlagen schnell rein hier.
Beschämt und niedergeschlagen kehrt er zu Fuß nach Hause zurück, verdammte Scheißbrut dieser verdammten Welt von Arschlöchern, der Brut dieses verdammten Scheißlandes.
Strandpromenade, Feuer im Hirn, er spricht ganz laut vor sich hin, die Passanten schauen ihn an.
Die Passagierschiffe, die Mole, die Möwen, Moussa öffnet sein Dossier und wirft die Papiere über die Brüstung, die über das Meer ragt. Eines nach dem andern, Kündigungsschreiben, Arbeitsbestätigung, Reservierungs-Telex, die

Papiere wirbeln durch die Luft, Laub in der Sonne, bevor sie langsam im schwarzen Wasser des Hafenbeckens versinken.
So, fertig, sprechen wir nicht mehr davon, weder von Visum noch sonst etwas, vorwärts, auf geht's. Reden wir von etwas Anderem, wie den Abend verbringen?
Sich Zombretto ins Auge injizieren oder jemanden wirklich verdreschen, wie Baïza, zack, einen Messerhieb in den Wanst.
Aber wen?
Irgendwen, den Erstbesten.
Auf der Höhe der Großen Post sieht Moussa einen Passanten, mittleres Kader, Aktentasche, Krawatte. Moussa tut, als ob er ihn nach der Zeit fragen möchte, versetzt ihm flink zwei Kopfstöße und lässt ihn in seinem Blut liegen. Dann verschwindet er schnell in den Sträßchen, der Marsch tut ihm gut, er kommt in *Belcourt* vor der Moschee an.
Islamisten-Demo, Weihrauch, Moschus, weinend, den sofortigen Tod wünschend. An der Spitze des Umzugs Kinder, die kaum drei Jahre alt sind, in Kamis, Korane schwenkend, die größer sind als sie selbst. Gleich dahinter Dutzende von Mädchen im Hidjab, die die strikte und sofortige Inkraftsetzung der Scharia fordern.
Hinter ihnen das Gros der Truppe, im Kampfschritt, eins zwei, eins zwei, Mischung der Geschlechter verboten, man muss die Spreu vom Weizen trennen.
Moussa durchquert den Demonstrationszug, eine Schnittwunde landet in einem Gesicht.
Er geht weiter bis zur Siedlung, kleine Anhöhe, die ersten Gebäude.

Am Straßenrand ein Auto mit einer Panne, ein schöner 309, ganz neu. Der Fahrer, bestimmt ein Franzose, ungefähr 60 Jahre alt, steht bestürzt vor der offenen Kühlerhaube.
Moussa, der Bastler vom Viertel, nähert sich:
- Haben Sie Probleme, Monsieur?
Der Fahrer, stotternd:
- Ähm, ja, ich weiß nicht, was los ist, er springt nicht mehr an.
Moussa, Herz aus Gold:
- Lassen Sie mich mal schauen.
Er krempelt die Ärmel hoch und taucht ins Schmieröl, überprüft alles, zieht die Batterieklemmen an.
- Probieren Sie es jetzt mal.
Der Motor brummt auf Anhieb:
- Oh, das ist großartig! Ich weiß nicht, wie ich Ihnen danken soll. Möchten Sie Geld? Das wäre normal …
Moussa, gerührt: Ein Franzose?
- Nein, ich habe es gern gemacht.
Der Franzose:
- Ich heiße Courval, ich arbeite auf dem französischen Konsulat, wenn ich Ihnen je behilflich sein kann …
Moussa hört nicht mehr weiter zu, Paris singt ihm schon ins Ohr, süße Schlagerklänge, ein Lüftchen am Marne-Ufer, der Weißwein, die Ausflugslokale …
Hastig ergreift er die Visitenkarte von Courval, Telefon, Adresse. Dann trennen sie sich.
Am Abend, Fiesta auf dem Brachland, sechs Flaschen Wein, er und Spartacus, auch Shit und 6.15. Paris tanzt golden zwischen den Mülltonnen, die Luft gewinnt Zauberkraft. Man kann sogar ganz deutlich die Metro sehen, die großen Avenuen, Bars, die blonden Pariserinnen …

Zwei Tage später telefoniert Moussa. Courval lädt ihn ein, privater Wohnsitz, ist besser um zu diskutieren. Moussa fühlt sich geehrt, rasiert sich zum ersten Mal seit Monaten, zieht eine Jeans und ein sauberes Hemd an.
Courval hat eine prächtige Villa nach *Birhadem* raus, sinnlicher Garten, Rosenbüsche, Nelken, Jasminspalier, maurischer Patio, kleines orangenes Licht auf der Veranda.
Eine schöne Nacht, Pfingstrosen und Basilikum. Courval fordert Moussa zum Trinken auf, schön gekühltes Kronenbourg.
Nach ein paar Floskeln und einem zweiten Bier lässt Moussa sein Problem einfließen:
- … Verstehen Sie, ich kann nicht mehr hier leben, ich muss nach Frankreich gehen, ich habe Freunde, die mich erwarten. Und … man hat drei Mal meinen Visumsantrag abgelehnt auf dem Konsulat.
Courval lächelnd:
- Oh, alles lässt sich machen, ich glaube nicht, dass das ein Problem ist, ein Visum. Ich kann das für Sie organisieren, wenn wir uns gut verstehen.
Während des Gesprächs wittert Moussa etwas, was? Oh … Seltsam, seltsam.
Courval, leutselig, kommt näher und näher.
Moussa wittert, seltsam, seltsam …
Dann klickt es auch bei Moussa: Courval ist schwul, die heißblütigen schönen jungen Maghrebiner, Gide, Genet, Barthes …
Nein, das hat er nie ausprobiert, ist nicht sein Gebiet, Moussa stellt sein Bier hin und steht brüsk auf, höflich empört.

Courval, noch erregter durch den rebellischen Adonis, faucht ihm sein Begehren zu:
- Hör zu, sei nett zu mir, Moussa, und du wirst ein Visum für ein Jahr kriegen. Ich vermittle dir meine Kontakte für die Aufenthaltsbewilligung. Ich kenne genügend Leute in der Präfektur in Paris.
Paris, die Kanarienvögel von *Belleville*, die Karusselle von *Créteil* tanzen vor seinen Augen, Aufenthaltsbewilligung, soll er oder soll er nicht, der Traum ist da, zum Greifen nahe. Visum, der *Arc de Triomphe*, der *Boulevard Saint-Michel*, angenehme Kälte, Moussa duzt ihn plötzlich und entscheidet sich:
- Hast du Whisky?
Sanft, charmant, holt Courval eine Flasche JB hervor. Mit drei großen Schlucken stürzt Moussa mehr als die Hälfte hinunter, direkt aus der Flasche.
Dann steht er auf und klatscht drohend in die Hände:
- Gut, nun zu uns beiden, Courval.

Viel später der Muezzin bei Tagesanbruch, Moussa betrachtet sich im Spiegel, während er sein Gesicht wäscht.
Frühstück, Orangensaft, Honig, Marmelade, Kaffee, Milch. In seidenem Morgenmantel reicht ihm Courval ein Empfehlungsschreiben, das er soeben verfasst hat, durchsichtige Hände, Präsidenten-Kugelschreiber.
Moussa überfliegt gierig den Brief, Empfehlung, Visum für ein Jahr, ein Mann, ein Wort.
Außer sich vor Freude kommt er am Mittag in die Siedlung zurück, sucht Spartacus. Er findet ihn mit einer Traube Bärtiger, sie kommentieren die Ereignisse des Vorabends. Heftige Zusammenstöße, der FIS gegen die Armee, es ist von

Hunderten von Toten die Rede, *Place du Premier-Mai*, die Armee hat geschossen.
Moussa geht das nichts an, er will es nicht hören, sollen sich alle verpissen. Er zieht Spartacus am Arm und zeigt ihm stolz den Brief.
Natürlich ... ähm ... kein Wort über ... die Sache mit Courval ...
Spartacus ist glücklich, sie genehmigen sich kurz ein wenig Zombretto und beschließen, die Nacht vor dem Konsulat zu verbringen, mit dem großen Visa-Volk, bis zur Schalteröffnung.
Spartacus besteht darauf mitzukommen, er langweilt sich und ist dermaßen froh für Moussa.
Unterwegs sehen sie Kolonnen von Panzerfahrzeugen an strategisch wichtigen Kreuzungen Stellung beziehen, Jeeps, Militärlastwagen um die Arbeiterviertel herum.
Befehle, Gegenbefehle, Soldaten im Laufschritt, Bajonette auf dem Gewehrlauf, was geht da vor sich?
Herrscht Krieg?
Moussa nimmt eine Zeitung, 5. Juni 1991: „Belagerungszustand angeordnet, der Premierminister tritt zurück." O la la, das stinkt ...
Place des Martyrs, umstellt von Panzern, Soldaten, Walkie-Talkies. Moussa und Spartacus finden eine Ecke in der Nähe des großen Kiosks. Nicht zu viele Leute, außer den Visum-Spezialisten, die sich auch für die Nacht im Freien einrichten, die ersten Plätze bei Morgenanbruch.
Es wird schnell Nacht, gleich gegenüber der Hafen, das Meer, die große Moschee Ketchaoua, umgeben von Panzerfahrzeugen.

Gut organisiert, das Völkchen, das da schläft, Notfall-Solidarität, man reicht sich Glimmstängel, Joints, zu essen, Kaffee.
Es kursieren auch Gerüchte, Notstand, Bürgerkrieg, Staatsstreich, es werden keine Visa mehr ausgestellt, Grenzen geschlossen.
Wie ein Faden, Moussa im letzten Augenblick, schnell durch das enge Nadelöhr hindurch. Nachher, ciao, sich sein Leben neu nähen, Rasse, Geschlecht, Seele, Religion, Nationalität wechseln. Irgendeine annehmen, sogar die israelische, egal.
Von Zeit zu Zeit kommen bis zu den Zähnen bewaffnete Soldaten an ihnen vorbei, strenge Kontrollen, schauen sich die Gesichter an, vor allem die Islamisten. Sie machen ein wenig Druck auf Spartacus wegen seines Kamis, seines Bartes. Aber sobald sie den Zombretto in seinem Atem riechen, lassen sie ihn in Ruhe.
Moussa und Spartacus sind gut ausgerüstet, Sandwichs, Merguez, 6.15, Shit.
Moussa nimmt wieder Corvals Brief hervor, eine Köstlichkeit, er ergötzt sich zum tausendsten Mal daran, die gezierte Unterschrift von Courval, der vergoldete Briefkopf: „Consulat de France“.
Spartacus kann nicht lesen, aber er genießt die Körnung des schönen Papiers beim Darüberstreichen, die Kontur der Unterschrift.
Trotz der Soldaten die ganze Nacht von Paris träumen, wunderbarer Mondschein.
Keiner von beiden ist je in Paris gewesen, sie haben Algerien nie verlassen, Fantasievorstellung in Abwesenheit, in Vertretung, Implantat von Erinnerungen, von Kumpeln der Kumpel, die es ihnen erzählt haben.

Moussa schaut ins Leere, er sieht sich in Paris: Das Erste, was er bei seiner Ankunft sofort machen muss: ein Schinken-Sandwich mit Butter und ein gut gekühltes Heineken bestellen.
Das zweite: ein richtiges normales Bad nehmen, wie in der Werbung, und sich waschen, waschen, waschen.
Danach wird er schauen müssen, wo etwas stattfindet, Rachid, die Kumpel. Er reibt sich die Hände, er ist schon in Paris, der Geschmack von Schinken-Sandwich mit Butter, er ist da, mmhh, auf der Zunge.
Spartacus weiß, dass er nicht einmal träumen kann vom Träumen, nach Paris zu gehen, Visum oder was auch immer. Moussa weiß es auch. Spartacus, das ist ... ein anderes Problem, der Ärmste.
5 Uhr morgens, die Menschenmenge nimmt langsam Gestalt an, es ist eine kleine Knospe, Moussa und Spartacus sind an der Spitze, Attacke, in einem Menschenmeer rudern, Moussa lässt sich treiben, lässt sich tragen.
Bullen in Stellung, die Warteschlange ist noch dichter, die Sonne schon intensiv.
Viele Stammgäste, man kennt sich, Verständigungszeichen.
Gegen 9 Uhr, das Gedränge beginnt, Spartacus und Moussa gebrauchen die Ellbogen, vorwärts kommen, vorwärts kommen.
Dann, plötzlich eine Idee ...
Aber ich brauche doch gar nicht anzustehen? Was bin ich doof! Ich kann direkt da durch, im Prinzip, Empfehlungsschreiben, die kleine Tür der VIPs.
Bestätigung seines Nachbarn aus der Menschenmenge, Doktor für Visaangelegenheiten.

Außer sich vor Freude verlassen sie die Warteschlange und gehen auf die kleine Tür der VIPs zu. Spartacus wartet stolz neben der Warteschlange auf ihn, Moussas Visum sehen, es küssen. Moussa geht also an der Schlange vorbei. Leute meckern, pfeifen, Vitamin B, Schweinehunde. Ein Islamist brüllt, mit erhobener Faust, beleidigt Moussa, der sich zu erklären versucht:
- Aber ... Empfehlungsschreiben.
Der Islamist verdoppelt seinen Hass und nähert sich Moussa:
- Und zudem stinkst du nach Alkohol, verdammter Schweinefresser!
Da rastet Moussa völlig aus, das ist zu viel, ohne zu wissen wie, verliert er die Nerven, packt ihn am Bart, wirft das Dossier weg, Moussa, außer sich, zieht ihn fest an seinem Bart. Spartacus versucht einzugreifen, unmöglich, zu spät, die Maschine ist außer Kontrolle geraten, Moussa ist ein anderer geworden.
Gewaltige Schlägerei, Moussa hält den Islamisten am Bart fest, Paris, gut gut, Fatiha, schlägt ihm den Kopf ein, gut, die Musik, auf den Bürgersteig, gut gut, Rachid, Hysterie, Moussa rächt sich, gut, Algerien, schlägt auf ihn ein, bis die Bullen und Soldaten kommen und ihn überwältigen.
Verheerende Folge, das Genick auf den Rand des Bürgersteigs aufgeschlagen, der Islamist ist tot.

EPILOG

Später wird Moussa dem Gericht vorgeführt, vorsätzliche Tötung, 25 Jahre Gefängnis. Er wird im Gefängnis von El Harrach eingesperrt.

Die ersten sechs Monate verbringt er mit totalem Schweigen. Sein tägliches Leben spielt sich im schäbigen Gefängnisalltag ab, Spaziergang im Hof, Speisesaal. Sonst in der Gemeinschaftszelle, über 50 Insassen auf Matten.

Er lässt sich einen langen Bart wachsen, über den er unaufhörlich streicht. Er hat nie auf die Post von Rachid, Djelloul oder von wem auch immer, geantwortet.

Eines Tages trifft er beim Spaziergang Mustapha, den Bruder von Fatiha, Fundamentalist, aus politischen Gründen verhaftet. Sie werden schon sehr bald unzertrennlich. Fatiha hat jetzt zwei Kinder.

Mustapha und Moussa sehen sich jeden Tag. Durch den Kontakt mit ihm findet Moussa langsam wieder Gefallen an Dingen, er beginnt im Gefängnisteam Fußball zu spielen.

Jeden Tag erzählt ihm Mustapha von Gott, dem Islam, dem einzigen Ausweg aus dieser scheinheiligen und willenlosen Welt. Moussa hört Mustapha aufmerksam zu, stellt Fragen, versucht zu verstehen.

Die Wochen verstreichen, er beschafft sich einen Koran und beginnt sorgfältig die jahrhundertealten, heiligen Seiten, die vor Wahrheit und Weisheit brennen, zu öffnen.

Eines Tages tauscht er seine Kleider gegen einen Kamis und beginnt die Masse der Getreuen in der Moschee des Gefängnisses zu besuchen. Regelmäßig, mit Hingabe,

schließt er sich den Riten, den Waschungen, Kniebeugen und Gebeten an.
Ein sanftes Licht erhellt nach und nach seine Seele bei der Lektüre des heiligen Textes. Er lässt sich gerne gehen bei der strengen Metrik, der flammenden Rhetorik, bei der monumentalen Inspiration der Lyrik.
Innerhalb von ein paar Monaten lernt er alle Koranverse auswendig. Er beginnt die große Exegese zu lesen, verschlingt Dutzende islamischer Werke, will Streitigkeiten der verschieden Schulen und Sekten verstehen. Mit der Geduld einer Ameise analysiert er Boukhari, Tabari, Abu El Fida, El Mawdoudi und dringt in die Geheimnisse der Scharia ein, die Rechtsprechung, die vier Rechtsschulen des Islam, Hanafiten, Malikiten, Schafiten und Hanbaliten.
Am Tag der Ermordung von Präsident Boudiaf beginnt Moussa eine einwöchige Fastenzeit als Opfergabe an Gott. Er ist überzeugt, dass dies ein Zeichen ist, die Öffnung des großen Weges zur Erleuchtung.
Sein Wissen beginnt unter den Inhaftierten als maßgebend zu gelten, sogar unter den Angehörigen der Führung des FIS. Er wird respektvoll konsultiert bei wesentlichen Fragen, bei Interpretationsstreitigkeiten. Mit einer Maske von Ausgeglichenheit auf dem Gesicht entscheidet er immer gerecht, das Schwert der Wahrheit, die klare Grenze zwischen Gut und Böse.
Gefängnis-Weisheit, Kultur der Schicksalsergebenheit, Reue, alles vermischt sich, fantastischer und subtiler Gongorismus, verwoben mit Glaube und Frömmigkeit, die die edle Hand Gottes liebkost.
Er begegnet auch Gabès von Belcourt, dem Verrückten, der weiser geworden ist seither, durch die Lektüre des Heiligen

Buches. Gabès wird Moussas rechte Hand, sein Sekretär, sein ergebener Schreiber. Gabès ist fasziniert von der Aura der Heiligkeit, die von Moussa ausgeht, im Schneidersitz sitzend, über seinen langen grauen Bart streichend.
Sogar Mustapha ist voller Bewunderung für Moussas Selbstverleugnung, seiner unergründlichen Spiritualität. Eine Art unsichtbaren Lichtes scheint von seiner Person auszugehen, alle sind dafür empfänglich.
Die ersten Hinrichtungen von Intellektuellen, Schriftstellern, Journalisten. Tahar Djaout, Laâdi Flici, Boukhobza, Professor Bousebci und viele andere, die Kehle durchgeschnitten, erschossen. Die Liste wird mit jedem Tag länger, Frauen, Kinder, Staatsanwälte, einfache Bürger.
Die Repression ist grauenvoll, Moussa erfährt, dass Spartacus unter Folter gestorben ist, wegen nichts.
Eine stürmische Aktivität ergreift Besitz von den inhaftierten Islamisten, es ist soweit, der wahrhafte Dschihad. Die Gläubigen drängeln sich scharenweise in Moussas Zelle, Gabès ist für den Ordnungsdienst zuständig. Er lässt die Gläubigen im Kreis um Moussa herum sitzen. Alle sind gekommen, um ihn um seine gerechte Meinung zu bitten, seine Interpretation der Situation. Es ist von bewaffneten Gruppierungen von Afghanen die Rede, Partisanen, ein summendes Gemurmel geht durch die versammelten Männer.
Auf seinem Teppich sitzend, eine Gebetskette in der Hand, erhebt Moussa langsam die Hand über ihren Köpfen. Absolute Ruhe, alle hängen an seinen Lippen. Mit einer metallischen und zitternden Stimme liefert Moussa schließlich nach fünf Zitaten aus dem Koran seine Kommentare.
Für ihn ist es der klare und eindeutige Durchbruch des Dschihads gegen alle, die es wagen, den Glanz der Werte

des Islams zu verhöhnen. Das Jüngste Gericht naht, dass sich jeder darauf vorbereite, das Buch seines Lebens zu öffnen und zu lesen. Die Abrechnung wird gerecht sein. Tod den Scheinheiligen, dem Laizismus, den Kommunisten, kein Mitleid, das Ungeziefer samt der Wurzel auslöschen. Wenn nötig, die sündigen Frauen, die unehelichen Kinder ausmerzen. Für immer das Unkraut ausreißen, die ehrwürdige Haut des Islam reinwaschen, damit der Glanz Seines Ruhms in allen vier Ecken des Universums erstrahle.
Mit funkelnden Augen verkündet er Irans Erneuerung der Fatwa über Salman Rushdie, den Vertreter des internationalen Zionismus und der westlichen Schweinefresser. Die Schneide des Degens wird alles reinigen, das Blut muss fließen, damit die Wahrheit herrschen kann, denn das ist der Wille des Allmächtigen. Von der Gnade Gottes überwältigt, heißt Moussa Hinrichtungen gut, drängt zu noch mehr. Für ihn ist das ein Akt bedeutsamen Glaubens im Leben, grundlegende Plicht jedes ehrbaren Muslims.
Die Anwesenden sind von seinem Charme, seinem strahlenden Charisma überwältigt. Er lässt sie gemeinsam sieben Mal Allahu Akbar wiederholen, die Gefängnismauern zittern, viele der Insassen haben Gänsehaut.

Moussa wird rasch vom brüderlichen Netz des Lichts, dem riesigen Arm Gottes, der absoluten Reinheit des Weges aufgenommen. Er setzt sich so sehr ein, dass er der Gefängnisdirektion auffällt, politischer Aktivismus. Er wird nach Lambèze verlegt, ein Gefängnis für Hartgesottene, die Wahrhaftigsten der Wahrhaftigen.
Im Gefängnis Lambèze, einer uralten und strengen Festung, verloren in der Steppe, herrscht Disziplin und Strenge.

Moussa schöpft daraus seine Kraft, härtet dort seine Seele, über den Schleier der trügerischen Wirklichkeit hinaussehen, das weiße Gesicht des Heils.
Da wird er die wahrhaftigen und endgültigen Konturen seines Schicksals ausfeilen, glanzvolle Illumination, ganz dem Ruhm des Allmächtigen, des Einzigen gewidmet.
Im Kontakt mit den wirklichen Führern des FIS, den Volkshelden, bestätigt sich von Tag zu Tag die Einzigartigkeit seiner Entschlossenheit. Im islamistischen Gefängnisumfeld ist er schon zu einem Mythos geworden, er wird „Nour“, das Licht, genannt, seit langem schon sein Deckname für die große Sache.
Es werden immer mehr Attentate auf Intellektuelle, Künstler und Ausländer im Land verübt. Es herrscht ein total psychotischer Zustand, die Gottlosen verkriechen sich wie die Ratten, die Regierung weiß nicht mehr weiter, nichts mehr kann das Licht bremsen.
Von Lambèze aus koordiniert Nour die Aktionen, wählt seine Ziele aus: Schriftsteller, Kulturschaffende, Anwälte, Lehrerinnen. Geköpft, die Kehle durchschnitten, entmannt, für immer die Erinnerung an die Spur des tiefgreifenden Kreuzzugs Frankreichs in Algerien ausgelöscht.
Nour wird sofort Teil der Leit-Phalanx, die über die Stoßrichtung der islamistischen Bewegung entscheidet. Alle schätzen seinen Sinn für politische Strategie, seine Analysen sind immer treffend, seine Optionen radikal, sein Glaube klar und unerschütterlich.
Tagein, tagaus steigt sein Ansehen weiter, bis er eines Tages durch die bewaffnete islamistische Führung zum Emir ernannt wird. Mit der gnädigen und erhabenen Unterstüt-

zung der Scheichs Abassi Madani und Ali Benhadj, auch sie seit langem in einem Militärgefängnis inhaftiert.

Der Emir Nour gehört zu den 1.000 Ausbrechern von Lambèze, die von der glorreichen islamistischen Armee befreit wurden, 40 Lastwagen voller Brüder. Er war das Hirn und der Kontakt drinnen.
Alles ist wie vorgesehen abgelaufen, der Plan wurde monatelang ausgefeilt.
Wärter bestechen, die der Sache zugetan waren, die Telefonleitungen kappen, die Brüder ins Gefängnis hereinlassen, das Gemetzel und die große Flucht in den Lastwagen organisieren.
An jenem Tag vor der Operation hat sich Emir Nour zu einem langen Schweigegebet zurückgezogen, tiefe Meditation, es ist verboten, ihn zu stören, Gabès ist da, um die anderen wegzuschicken.
Als der Moment gekommen ist, schleichen sich Emir Nour und Gabès heimlich zum Posten des Bereitschaftsdienstes, drei Wächter. Allahu Akbar, die Messer sind unter die Kehlen geglitten, das Blut reinigt. Dann haben sie alle Wachposten auf dem Wachturm mit dem Messer ausgeschaltet, haben das große Gefängnistor geöffnet und die Brüder in den Speisesaal, in den Gemeinschaftsraum, in die Schlafsäle gelassen, totales Gemetzel, praktisch kein Widerstand.
Kurz vor dem Sturmangriff haben sich Emir Nour und Gabès zum Bereitschaftsraum der Gefängniswachen gestürzt, die Kerkerschlüssel. In den Händen des Emirs eine Kalaschnikow, die ihm ein Bruder im Vorübergehen zugeworfen hat. Im Wachsaal ein Dutzend Soldaten, junge Rekruten, beim Kartenspielen. Im Namen Gottes hat der Emir seine Ka-

laschnikow geleert, indem er auf die Köpfe gezielt hat, Gabès hat den Verletzten mit einem Messer den Gnadenstoß gegeben.
Die Hölle der Ballerei hat über zwei Stunden gedauert, bellende Kalaschnikows, Granaten, die den Durchgang freimachen und Verwüstung anrichten.
In einer Ecke rezitiert ein junger Rekrut auf den Knien zitternd das Glaubensbekenntnis. Ohne mit der Wimper zu zucken, hat ihm Gabès die Halsschlagader durchtrennt.
Danach haben sie alle Zellen geöffnet und die 1.000 Brüder in die Lastwagen steigen lassen, Richtung nahe Berge, in den Buschwald. Im Vorbeigehen haben sie Waffen, Munition, Walkie-Talkies und Militärfahrzeuge mitgenommen.
Heute ist Emir Nour ein prominentes Mitglied des GIA, er lebt im Buschwald von Djidjel, organisiert Attentate, schneidet den Opfern eigenhändig die Kehle durch und verflucht den Westen.

AUSWAHL LIEFERBARER TITEL:

LEÏLA ABOUZEÏD : EINE VERSTOSSENE GEHT IHREN WEG
ISBN 978-3-927069-79-4 132 S. ⌘ EUR 17.00

MOURAD KUSSEROW : TRAUMLAND MAROKKO
ISBN 978-3-927069-85-5 232 S. ⌘ EUR 19.00

MOURAD KUSSEROW : MÄRCHENHAFTES MAROKKO
ISBN 978-3-927069-83-1 192 S. ⌘ EUR 18.00

MOURAD KUSSEROW : ÄRMER ALS EINE MOSCHEE-MAUS
ISBN 978-3-927069-75-6 132 S. ⌘ EUR 17.00

VALENTIN HERZOG : ALIFAS ZEICHEN
ISBN 978-3-927069-90-9 224 S. ⌘ EUR 18.00

TAHAR BEN JELLOUN : DIE MANDELBÄUME
ISBN 978-3-927069-32-9 180 S. ⌘ EUR 17.50

RACHID BOUDJEDRA : FLUCHTEN
ISBN 978-3-927069-55-8 170 S. ⌘ EUR 19.50

TAHAR DJAOUT : DIE SUCHE NACH DEN GEBEINEN
ISBN 978-3-927069-30-5 162 S. ⌘ EUR 15.50

YOUSSOUF AMINE ELALAMY : GESTRANDET
ISBN 978-3-927069-91-6 145 S. ⌘ EUR 18.00

GEHRMANN/GILZMER : GESCHLECHTERORDNUNGEN IN NORDAFRIKA
ISBN 978-3-927069-89-3 240 S. ⌘ EUR 22.00

MALEK HADDAD : UND EWIG SCHWEIGT DER QUAI AUX FLEURS
ISBN 978-3-927069-09-1 150 S. ⌘ EUR 15.50

MOHAMMED KHAIR-EDDINE : SEIN LETZTER KAMPF
ISBN 978-3-927069-72-5 174 S. ⌘ EUR 19.00

MOHAMMED KHAIR-EDDINE : ES WAR EINMAL
ISBN 978-3-927069-82-4 176 S. ⌘ EUR 19.00

MOHAMMED KHAIR-EDDINE : AGADIR
ISBN 978-3-927069-16-9 170 S. ⌘ EUR 15.50

DONATA KINZELBACH (HRSG.) : TATORT : ALGERIEN
ISBN 978-3-927069-47-3 180 S. ⌘ EUR 17.50

MOHAMED MAGANI : DIE ÄSTHETIK DES METZGERS
ISBN 978-3-927069-45-9 232 S. ⌘ EUR 19.50

MOULOUD MAMMERI : DIE ÜBERFAHRT
ISBN 978-3-927069-37-4 192 S. ⌘ EUR 19.50

MALIKA MOKEDDEM : DAS GEHEIMNIS DER MUTTER
ISBN 978-3-927069-93-0 180 S. ⌘ EUR 18.00

RACHID MIMOUNI : DIE STAMMESEHRE
ISBN 978-3-927069-33-6 184 S. ⌘ EUR 19.50

MINA OUALDLHADJ : MIMI UND AÏCHA
ISBN 978-3-927069-94-7 180 S. ⌘ EUR 18.00

FADÉLA SEBTI : ICH, MIREILLE
ISBN 978-3-927069-41-1 135 S. ⌘ EUR 17.50

ABDELHAK SERHANE : ROYAL FLUSH DER VERSTOSSENEN
ISBN 978-3-927069-51-0 198 S. ⌘ EUR 19.50

ABDELHAK SERHANE : DIE SCHWARZEN JAHRE
ISBN 978-3-927069-67-1 192 S. ⌘ EUR 18.00

FAROUK WADI : HÄUSER DES HERZENS
ISBN 978-3-927069-74-9 135 S. ⌘ EUR 18.00

UND VIELE ANDERE ...

VERLAG DONATA KINZELBACH

STOLZE-SCHREY-STR. 3 ★ 55124 MAINZ

TELEFON: 06131-45662 ★ FAX 06131-41088

http://www.kinzelbach-verlag.de

Aziz Chouaki wurde 1951 in der Kabylei/Algerien geboren. Von Jugend an ist er Musiker, der arabo-andalusische Klassik mit Jazz verbinden will. Bis 1991 betrieb er einen Musik-Club in Oran. Studium der englischen Literatur in Algier.

Aziz Chouaki lebt seit 1991 in Frankreich, wo er als Schriftsteller, Theaterautor und Musiker arbeitet.

Bekannt wurde er durch das vielfach aufgeführte Stück *Les Oranges*. Er ist ein erbitterter Kritiker der Zustände in seinem Heimatland: Machtmissbrauch, Korruption, Fundamentalismus, Perspektivlosigkeit der Jugend.

Aziz Chouaki gilt als großer Zauberer der französischen Sprache, wie sie in Algier und Paris auf der Straße gesprochen wird. Arabische und Elemente der Berbersprache werden mit verarbeitet.

Der Autor besticht durch Sprachgewalt und Ideenreichtum. Man darf ihn zu den kreativsten Autoren der frankophonen Gegenwartsliteratur zählen.